La vie cachée de Mina M

Passion dans les trois dimensions

Béatrice Monge

La vie cachée

de Mina M

Roman

© 2020 Béatrice Monge
Éditeur : BoD-Books on Demand
12-14 rond-point des Champs-Élysées,
75008 Paris
Impression : Books on Demand, Norderstedt,
Allemagne

ISBN : 978-2-3222-0365-9
Dépôt légal : Janvier 2020

Je dédie ce roman à tous mes lecteurs.

Je vous souhaite une très bonne lecture et beaucoup de plaisir à lire cette œuvre de l'imagination.

LE ROYAUME
DE THANATOS

Mina roulait dans son vieux break aux sièges défraîchis sans savoir où elle se dirigeait.

En contrebas de la route sinueuse et étroite, un fleuve courait entre deux rives escarpées. Une musique dansante s'échappait des haut-parleurs et pourtant, elle n'avait pas allumé l'autoradio.

Elle rythmait avec ses mains et ses pieds afin de se donner du courage pour aller au bout de ce chemin sans fin. Des chênes verts et des chênes kermès, tordus et ployés par le vent, se disputaient l'espace boisé des bas-côtés. Certaines branches tentaient d'obstruer son passage. Toutefois, elle les contournait avec agilité. Elle n'avait pas peur.

Une voix la guidait.

Tout à coup, la piste s'enfonça dans la terre, dans l'eau. Elle stoppa le moteur, par obligation. Près de la berge l'attendait une gondole. Deux lampions en illuminaient chacune des extrémités.

À son bord, un jeune homme aux cheveux longs l'invita à monter avec lui.

— Viens, viens ! Tu ne risques rien avec moi, lui promit-il.

Un bras se tendit. Elle s'y agrippa et sauta dans l'embarcation.

— Où m'amènes-tu ?

Il secoua son imposante chevelure blonde et, sans répondre, commença à saisir une rame avec ses mains transparentes. Tout en observant sa silhouette, elle s'allongea sur le matelas de pavots qui enveloppait les planches du bateau.

La voix du jeune homme s'éleva comme un murmure qui surgissait de l'eau.

— J'habite dans les quatre éléments à la fois. La nature est ma demeure. J'en suis son esprit. Ici, tu peux vivre en paix avec moi, sans penser à ton passé et sans te soucier de ta destinée.

— Bref, tu me proposes d'en finir avec la vie. Je me laisserais presque faire, pourtant je ne peux pas accepter, pas encore, même si mon passage sur terre est un enfer.

— Dans ton monde, le corps et l'âme sont sans cesse troublés. Ils doivent s'isoler et rompre tout contact avec l'extérieur pour gagner leur liberté. Ici, tu n'as pas cet effort à faire. Tout flotte parmi nous, sans contraintes.

— Je ne sais pas si je suis prête. J'ai encore envie d'être aimée.

— L'amour est souvent destructeur, tu en as conscience.

— Oui. On veut souvent posséder l'autre, et si notre désir profond n'est pas assouvi, on hait la personne.

— Ici, les sentiments négatifs n'existent pas et je peux nourrir ton cœur. Tel Cupidon, je te suis entièrement dévoué.

À ces mots, il posa sa rame et s'approcha d'elle. En un geste, son souffle l'étreignit. Sa main caressa longuement ses lèvres, puis ses cheveux, et fait étonnant, il s'attarda quelques minutes sur les ailes de son nez.

Ils se scrutaient, se respiraient.

Elle n'avait plus froid.

Soudain, une gigantesque bête jaillit de l'eau, ce qui provoqua une impressionnante lame de fond qui déstabilisa la gondole au point qu'elle se fende en son milieu.

— Quand vas-tu cesser d'aller dans le royaume de Thanatos ? cria l'étrange animal tandis qu'elle tentait de nager vers le rivage.

— Ce n'est pas Thanatos, c'est son frère. Je ne crains rien.

— Tu te trompes, naïve que tu es. Si tu pars avec lui, tu ne reviendras jamais. Tu m'entends ? Je ne veux pas te perdre. Tu es à moi, rien qu'à moi. Ne l'oublie pas !

COHABITATION AVEC UN ESPRIT

Elle était encore en sueur, elle tremblait et son crâne la malmenait lorsqu'elle se leva à huit heures du matin. Les draps, toujours trempés et chiffonnés, avaient conservé l'empreinte de sa fébrilité nocturne.

Elle les secoua afin de chasser le souvenir de la bataille qui avait fait rage dans sa tête une bonne partie de la nuit.

Elle écarta le rideau qui masquait la fenêtre de sa chambre, pour apercevoir le ciel. Il était violet hypnotisant. Éblouie, elle ferma les yeux de longues minutes.

Ce dimanche de début juillet commençait par un signe fort, elle estima, enchantée par la vue, à son réveil, de la couleur dans laquelle elle s'était réfugiée durant toutes ses années de souffrance. Serait-ce le bon moment pour elle d'adopter une nouvelle teinte du cercle chromatique ?

De la protection accordée par le pourpre violet, tenter d'attirer la chance et l'énergie du vert ou la lumière et la chaleur du jaune ?

Dorénavant, ce serait son objectif. Modifier ses coloris préférés la pousserait à se transcender.

Ainsi, elle ressusciterait. Son esprit s'exalterait à nouveau devant cette vie trépidante qui l'attendait au-dehors. Sa détresse et ses tourments resteraient bloqués dans son passé.

À partir d'aujourd'hui, elle libérerait son cerveau et tout s'échapperait. Elle ne serait plus écrasée et sa chair ne serait plus traînée sur le sol, pour finir en lambeaux.

Elle n'avait que trente-deux ans. Cela faisait cinq ans que sa vie avait basculé.

Cinq ans qu'elle subsistait.

Ses conversations du petit matin l'avaient aidée, elle devait bien le reconnaître, mais maintenant elles l'exténuaient. Le singulier personnage avec qui elle dialoguait, orientait tous ses choix et ses actions, car il habitait dans son front, au-dessus de ses yeux et rien ne lui échappait. Il lui avait dit un jour qu'il s'installait à cet endroit pour regarder ce que ses yeux voyaient et pour tout contrôler.

Était-ce un être bienveillant ? s'était-elle questionnée, quelque peu effrayée par ce qu'elle jugeait être un phénomène d'emprise et de possession sur son libre arbitre.

Avec le temps, elle avait pu répondre à cette question. Oui, il avait le sens de l'honneur et une certaine noblesse de cœur, par contre, il pouvait se montrer cruel s'il se sentait délaissé ou trompé.

Il ressemblait tant physiquement à son homme, avec ses lèvres finement ourlées, ses yeux gris, ses cheveux châtain clair et sa tête trop ovale. C'en était troublant de conformité.

C'était comme s'il avait enfilé sur lui un corps qui n'était plus le sien.

Tel un parasite, son existence dans son esprit était de plus en plus préoccupante.

Jamais elle ne pouvait deviner au préalable quelle serait la tendance du moment. Cette bizarrerie s'était aggravée dans le temps, et elle se demandait souvent s'il ne sombrait pas peu à peu dans une sorte d'instabilité chronique.

Aujourd'hui, sa présence quotidienne ainsi que l'influence qu'il exerçait sur elle ne la séduisaient plus du tout et son objectif de chaque minute était de l'inciter à la quitter.

Ce matin, très tôt, après qu'il eut violemment interrompu son sommeil, ils avaient longuement discuté, plus que d'habitude, car l'enjeu était crucial.

— Cinq ans que tu m'empêches de vivre, de jour comme de nuit. J'ai besoin de sortir, d'avoir des loisirs, des plaisirs, de rencontrer des gens, de m'amuser, de me sentir vibrer, respirer. J'ai envie de nager, de marcher, de m'envoler, de flirter, d'être touchée, caressée, adorée. Cinq ans que je n'ai pas fait l'amour, et toi, tu restes intraitable. Tu es même possessif et jaloux. Tu m'étouffes. Je ne peux même plus rêver. Maintenant, je souhaiterais que tu sortes de mon cerveau. Serais-tu d'accord ? Peux-tu faire ça pour moi ?

— Tu as encore avalé trop de somnifères hier soir. Tu flirtes avec Hypnos, alors qu'en réalité, tu embrasses Thanatos. Ne vois-tu pas le risque que tu prends de ne jamais rentrer ?

— Si, mais vivre avec toi, comme ça, c'est un supplice. Plutôt mourir.

— Tu devrais être reconnaissante de tout ce que j'ai fait pour toi depuis toutes ces années. C'est grâce à moi que tu as pu passer le cap de l'après-accident et que tu as réussi à survivre et à te soigner. Maintenant, tu as recouvré toute ton énergie, alors tu veux t'affranchir de moi. C'est très égoïste.

— Non, je n'oublie pas ton soutien. Quand j'ai fait la connaissance, dans l'au-delà, de ce long tunnel obscur, une lueur blanche m'éclaboussait. Je me suis vue par terre, couverte de sang. Il y avait plein de gens autour, penchés sur moi.

— Tu ne m'avais jamais raconté ça avant.

— J'observais la scène, sans même pouvoir y participer. Je n'habitais plus mon corps. Je partais, attirée par les voix chaudes des êtres de lumière. J'étais entourée d'amour, et toi tu étais là, à côté de moi, à me sourire. Les meilleurs moments de notre vie défilaient devant une toile, comme dans un cinéma. J'étais en paix. J'étais calme. Puis, tout à coup, j'ai senti qu'on me tirait. Je me suis tournée et j'ai vu une main d'enfant. C'était celle de

Rose. J'ai entendu : « Maman, reviens, reviens. J'ai besoin de toi. »

— Et tu m'as abandonné.

— Je suis en vie et je suis presque guérie, enfin. Maintenant, je veux tout recommencer à zéro. Je voudrais désormais être entourée de vraies personnes en chair et en os. Le monde des esprits m'épuise et me rend folle.

— Je te signale que je te protège tout le temps de leurs attaques.

— Je t'en remercie, mais ce n'est pas suffisant.

— Tu n'es jamais satisfaite de ce que je fais pour toi.

— Je peux solliciter une faveur ?

— Pourquoi serais-je plus complaisant avec toi qu'autrefois ?

— Je te connais bien. Tu es compréhensif.

— Quelle est cette faveur ?

— Je te demande de ne plus me parler ni le jour ni la nuit et de me laisser respirer en toute liberté. En un mot, je veux que tu ailles vivre en paix dans tes pâturages, parmi la lumière et les tiens et que tu oublies ta petite Mina.

— Ce que tu exiges de moi est impossible. J'ai moi aussi besoin de ton amour, autant que toi du mien.

— Tu crois ça, mais tu te trompes. Tu restes dans une dépendance qui n'est que fictive. Je ne t'obéirai plus, tu es prévenu.

— Nous en reparlerons. Ce n'est pas la première fois que tu me dis ça.

— Dorénavant, je serai une étrangère pour toi. Je te dis adieu.

Elle se prépara à la hâte, en sautant de son lit à la salle de bains, et de la douche à son short noir, et lutta contre son réflexe matinal de repousser sa toilette afin de ne pas tomber sur la vue de ses cernes foncés.

Pour ce jour, elle préféra souligner avec précision ses paupières d'une longue ligne noire et étaler un peu de rouge sur ses lèvres, tout en scrutant son profil de brune. Finalement, le maquillage pouvait mettre en valeur ses yeux noirs et rehausser son teint très pâle. Ce matin, son visage ne ressemblait plus à une forme féminine fardée, entre fantôme et femme fatale, mais à une vraie femme, ou du moins elle le crut fortement.

Dehors le ciel était bleu turquoise, la température était déjà élevée. Elle se sentit pleine de vitalité.

Des hirondelles rustiques, qui nichaient non loin dans un hangar, tournoyaient dans les airs, à la recherche de prairies pour s'alimenter. L'une d'elles déposa une minuscule plume blanche à ses pieds, en gazouillant.

Elle la ramassa et la caressa tout doucement avec son index. Était-ce un message ?

Cette petite plume était-elle dans sa main pour lui dire de foncer et de ne pas avoir peur ?

LA BALADE
EN CANOË

Elle avait décidé la veille de se rendre à la sortie en canoë repérée dans la gazette de son village.

Elle roula ainsi une cinquantaine de kilomètres, puis elle aperçut tout d'abord le fleuve Hérault, et ensuite un cabanon et un attroupement en contrebas de la route.

Bien déterminée à faire preuve d'audace, elle se dirigea vers le principal point de rassemblement d'un pas léger. Des groupes bavardaient çà et là.

Elle ne put s'empêcher d'aller vers l'un d'eux, et d'écouter leur conversation.

Il s'agissait d'une balade en canoë et le départ semblait imminent. Comment pouvait-elle participer ? se demanda-t-elle, alors qu'elle s'était un peu isolée des autres.

Après un long moment, elle aborda tout de même l'un des participants et l'interrogea d'une voix hésitante. Elle souhaitait savoir s'il restait de la place.

Sa question, que personne n'entendit, dut être réitérée une deuxième fois.

Puis, on remarqua enfin sa présence, et on se tourna vers elle en souriant. Plus précisément, un homme se tourna vers elle, et avant même qu'il n'ouvre la bouche, elle bafouilla qu'elle désirait se joindre à eux et participer à cette sortie.

— Vous êtes seule ?

Oui, elle n'était guère accompagnée et cela se voyait. Pourquoi poser cette question alors que ça paraissait si évident ?

Il lui proposa d'attendre une minute et marcha vers des jeunes sportifs emmaillotés dans des gilets rouges.

Près de la berge, elle joua à la femme indifférente et rêveuse. En réalité, elle était un peu soucieuse.

Lui trouverait-on un partenaire ou devrait-elle ramer toute seule ?

Elle constata que les gens parlaient fort, riaient et plaisantaient. Certains poussaient leur canoë dans l'eau, quand d'autres finissaient de s'habiller ou de se chausser. L'atmosphère était très détendue.

Elle attendait depuis au moins quinze minutes, à se languir, quand tout à coup, elle vit arriver un jeune homme qui courait dans sa direction. Très grand, athlétique et robuste, des cheveux châtains en désordre, la joie aux lèvres, un petit anneau en or à chaque oreille, il était déjà là, près d'elle.

Il lui fit trois bises.

Enthousiasmée par cette spontanéité, elle lui tendit ses joues. Sa peau était douce et soyeuse au contact. Ses yeux bleus teintés de paillettes orange, oscillaient entre leur embarcation et sa personne, qui pour l'heure ne semblait pas le faire frissonner de plaisir.

Puis, il lui fit signe de le suivre, ce qu'elle fit. Il ne restait plus qu'un canot. Il était rempli d'eau, et était prêt à couler. Impossible de monter à bord dans ces conditions.

Ils en rirent.

Pourtant, son futur compagnon de route ne se laissa pas du tout intimider, car un instant plus tard, il souleva la coque et la retourna avec une facilité déconcertante pour la vider de son lourd contenu.

Et splash ! Il la lâcha brusquement.

— Oh ! Merci. C'est génial. Je suis toute mouillée maintenant, dit-elle en essuyant ses bras d'un revers de la main.

— Prenez place, plaisanta-t-il.

Impressionnée, elle s'exécuta, monta à l'avant et saisit une pagaie. Lui, très lourd derrière, les faisait tanguer, au point qu'elle crut qu'ils allaient devoir de nouveau écoper. Mais non. Il s'assit et ne bougea presque plus.

Il était grand temps de commencer à ramer pour rejoindre le reste du bataillon qui avait pris une bonne longueur d'avance sur eux.

Elle enfonça rapidement la pagaie dans l'eau vive du fleuve. Elle ne voyait pas son partenaire et n'osait pas engager la conversation.

Au bout d'un moment de pause, c'est lui qui se lança. Il voulait connaître son prénom.

— Mina, lui répondit-elle.

C'est de cette manière qu'elle apprit qu'il s'appelait Élio et qu'il avait vingt-six ans.

Puis ils se turent.

Les autres les précédaient. Subitement, il accéléra la cadence, et elle dut faire de même pour ne pas avoir à souffrir de l'image d'une femme dénuée de muscles. Ainsi, peu à peu, les autres canoës et kayaks se retrouvèrent derrière eux.

—Yes ! J'ai réussi à les semer, se réjouit-il.

Des falconiformes planaient au-dessus d'eux et des falaises aux alentours de manière insistante. Il saisit la paire de jumelles accrochée à son cou et les observa avec minutie.

— Je crois que ce sont des faucons crécerelles. Je les repère à leurs ailes pointues et à leurs longues queues.

— Pour moi, ils se ressemblent tous, les rapaces. Même les aigles, je n'arrive pas à les reconnaître.

— Tu pourrais t'y intéresser. C'est passionnant l'ornithologie.

— Tu as étudié les oiseaux ?

— Oui, tout seul. Je suis un autodidacte.

Ils franchirent un rapide. Il était très adroit pour diriger. Avec lui, elle ne se retrouverait pas la tête fracassée sur un rocher avec les jambes en l'air, jugea-t-elle.

— Tu es célibataire ? Tu as quel âge ? voulut-il savoir, entre deux coups de pagaies et deux récifs évités.

Quelquefois, ils apercevaient des sacs ou des bouteilles et détritus en plastique coincés par des branchages ou flottant à la surface de l'eau.

Cette vue ne la réjouissait pas, elle qui se sentait si proche de cette nature sauvage, cependant elle ne s'en épancha pas auprès de lui.

Elle préférait, pour l'heure, ne percevoir que la beauté dans tout ce qu'elle observait.

Les gorges creusées par le fleuve offraient à son œil un spectaculaire paysage rocheux au pied duquel de nombreuses et désordonnées essences végétales couraient. Les vasques et les cascades composaient le restant du tableau. Une certaine fraîcheur régnait à la surface de l'eau malgré le soleil qui chauffait déjà les épaules et les visages des canoéistes.

— On pourra s'arrêter pour se baigner, quand il y aura un petit peu de profondeur ? réclama-t-elle timidement.

Subitement, leur bateau, bousculé par une série de gros rochers, fit mine de chavirer. Un excellent dérivatif et une bonne manière d'échapper à son interrogatoire, pensa-t-elle, bien soulagée par cette diversion.

— Donc, tu me disais tout à l'heure que tu étais de quelle année ? insista-t-il, après avoir rétabli correctement le cap à grands coups de pagaies sur la prochaine étape du parcours.

— J'ai trente ans, dit-elle, sans réfléchir, et sans mesurer la portée de son petit mensonge.

— Ah! Tu fais plus jeune que ça. Je t'aurais donné vingt-huit ans, pas plus. Tu es en couple?

— Non, marmonna-t-elle. Je ne le suis plus depuis plusieurs années.

— Si! Tu es en couple avec moi, intervint Paskual, en assenant un grand coup sur son épaule, ne l'oublie pas.

— Eh bien, moi je l'étais depuis au moins quatre ans. C'était trop passionnel entre nous. On était tout le temps en train de se disputer. Alors, on s'est séparés. Chacun suit sa route maintenant. Tu as des enfants? Ton job, c'est quoi?

— Pas trop envie de raconter ma vie privée.

Aurais-je encore gaffé? se demanda-t-il. Elle est bien mystérieuse, cette fille. Il examina mieux sa coéquipière, ou du moins ce qu'il pouvait en apercevoir et il fut satisfait. Grande, mince, elle n'est pas mal du tout, admit-il.

— Bon. Ce n'est pas grave. Tu me parleras de toi quand tu voudras. Sais-tu reconnaître un aigle de Bonelli?

— Oui, c'est un aigle.

— Découvert par Franco Andrea Bonelli. J'aime beaucoup les bêtes, et même toutes les espèces animales, qu'elles marchent, rampent ou planent.

— Tu devrais t'inscrire dans la fondation de Brigitte Bardot, dit-elle, pour le faire rire.

— Je préfère distribuer des pétitions et des tracts.

Hou là ! Elle devait se concentrer sur le rapide qui secouait sa rame. Il y avait des remous.

De plus en plus exubérant malgré le bruit, il poursuivit son discours :

— L'école, ce n'était pas trop mon truc, mais j'ai quand même réussi une formation supérieure. Grâce à mon diplôme, je travaille maintenant dans une grosse boîte. Mais, ce qui me motive le plus, c'est le syndicat. Je trouve qu'il y a beaucoup d'inégalités. J'ai envie de me battre contre ça. Pour l'instant, j'imprime des tracts et je les distribue. Par la suite, j'aimerais qu'on me donne plus de responsabilités.

Elle estima qu'il avait du tempérament. Lutter pour une cause était, pour elle, un signe de sens critique et de confiance en soi. En revanche, le syndicalisme était parfait pour ceux qui avaient des connaissances juridiques. Or, c'était un domaine où elle se sentait vraiment inculte, malgré quelques acquis en droit de l'image.

Elle, de son côté, n'était pas du tout sensible à ce type de combat. C'était une artiste, une créatrice, une observatrice, une rêveuse et elle fuyait les situations de conflit et ce, depuis sa petite enfance. Après son bac, elle était entrée aux Beaux-Arts, mais elle n'était pas allée au terme de ses études, faute de financement.

Elle avait alors vécu de sa passion, et de ce qu'elle faisait le mieux, peindre, et avait multiplié les expositions dans des salons et donné des cours de dessin à des enfants.

Après le décès de son mari Pascal, elle avait cherché un travail dans le milieu artistique, mais n'avait trouvé qu'à effectuer des remplacements dans des agences de voyages.

La peinture, elle l'avait subitement arrêtée.

Tout à coup, plusieurs hurlements parvinrent à leurs oreilles dans un brouhaha inextricable.

— Alerte. Une personne à l'eau. Une femme. Sa tête. Un rocher. Au secours. À l'aide ! Venez ! Du sang. Les secours, le SAMU, vite.

La jeune femme, bouleversée par ce terrible drame, cessa immédiatement de ramer.

— On doit faire demi-tour, proposa-t-elle à son partenaire de canoë. J'ai mon brevet de secouriste. Je pourrai aider. Je sais ce qu'il faut faire dans ces cas-là. J'ai un peu d'expérience. Allez ! On y va ?

Le jeune homme, qui n'avait pas l'intention de faire volte-face, répliqua d'un ton convaincant.

— C'est impossible. On ne peut pas remonter le courant, ou sortir le bateau de l'eau et y aller à pied en le portant. Tu as vu les bas-côtés ? C'est impraticable.

— Eh bien, on essaie tout de même. Qu'est-ce qu'on attend ? On perd du temps.

— Non, je te le dis encore une fois. Il y aura certainement beaucoup de monde autour d'elle. Ne t'inquiète pas, elle sera vite prise en charge par les gens. Allez, on y va ! On rame. Il y a un îlot plus à l'écart où on pourra souffler.

Après avoir franchi plusieurs petits rapides, ils accostèrent effectivement sur un minuscule bout de terre. La halte était prévue pour attendre le reste des participants éparpillés sur le fleuve.

Ils tirèrent le canoë hors de l'eau et peu à peu, tout le monde fit de même.

Elle s'éloigna très vite de lui.

Faire quelques pas lui permettrait de réfléchir à ce malencontreux incident. Peut-être avait-il raison, ils n'auraient rien pu faire. Ils n'étaient pas médecins, ni l'un ni l'autre. Toutefois, peut-être auraient-ils pu intervenir ou du moins tenter d'agir et ainsi, faire preuve de solidarité.

Le soleil, au zénith, la faisait suffoquer.

L'endroit était déplaisant avec ses barques cassées et abandonnées depuis de nombreuses années, canots qui pourrissaient dans la plus grande indifférence. Elle en était peinée. Un bâtiment recouvert de graffitis noircis était lui aussi déserté. Elle se glissa dans son ombre avec l'espoir d'y être isolée.

Il ne devina pas son souhait, car il vint se planter en face d'elle, yeux contre yeux. Il la dévisagea sans retenue. Ils se regardaient vraiment pour la première fois. C'était déroutant, d'autant plus que la scène était interminable et intense.

Au bout d'un moment interminable, il finit par s'éloigner. Elle en fut soulagée. Pourquoi l'avait-il observé si longtemps, et de si près ? Pourquoi était-il entré si profondément dans son regard ? Avait-il cherché son âme ? Avait-il senti deux êtres en elle ? s'interrogea-t-elle, troublée de susciter tant de curiosité de sa part.

À peine embarqués, la discussion reprit pourtant tout simplement, ce qui lui permit d'oublier les questions qui trottaient dans sa tête.

Cette partie du fleuve était moins impétueuse, et le calme ambiant, propice aux échanges, diminua sa tension intérieure.

— J'ai une fille de cinq ans et demi. Rose, c'est son prénom, dit-elle tout à coup. C'est un bijou. Un petit ange. En ce moment, elle est en vacances chez sa mamie.

Elle poussa un soupir, le temps était infini sans elle. Attendri par ces révélations, il eut lui aussi besoin de se livrer.

— Moi, j'ai deux sœurs. L'aînée est mariée et vit à l'étranger. L'autre est en France, mais loin, et moi je suis dans le coin. J'avais un appart avec mon ex, et maintenant, je suis chez des potes.

Elle eut envie d'en connaître un peu plus sur lui.

— Et tes parents ?

— Oh ! Ils habitent loin, dans le nord-est de la France, en Alsace. Je les vois surtout, eux et mes sœurs, pendant les fêtes de fin d'année. Le reste du temps, on se parle au téléphone. Ils sont plutôt cools, et encore ensemble, après plus de trente ans de vie commune. J'ai de la chance.

— Tu es alsacien ?

— Non, pas du tout. Ils sont allés vivre là-bas à cause de la dernière mutation de mon père. Il est gendarme.

Son enfance à elle ne ressemblait pas du tout à celle de son camarade de canoë. Son papa, chef d'entreprise, était très souvent absent du foyer. Sa maman était devenue dépressive. Quand son père rentrait du travail, elle pleurait. Il avait craqué et, un jour, il avait pris ses vêtements, quelques valises et trois outils et il était parti.

Sa mère s'était alors subitement ressaisie et avait retrouvé goût à la vie. Elle s'était remariée deux ans plus tard.

— Tu ne voulais pas être gendarme ?

— Oh non ! Le recrutement se fait sur concours et je déteste ça. Puis, je préfère mon métier. Mais bon, on arrête de parler boulot. Maintenant tu vois, c'est dimanche et j'ai envie de profiter de ma journée, d'autant plus que j'ai invité des amis à me rejoindre tout à l'heure.

Il pointa son index sur le rivage et s'écria :

— D'ailleurs, justement, c'est eux qui nous saluent. Tu les vois ? Il y a Tom, Léo et sa copine Lilas. Je suis en coloc chez Léo en ce moment.

LES AMIS D'ÉLIO

Elle remarqua en effet trois personnes sur la rive qui leur faisaient de larges signes avec les bras.

De loin, elle ne put les distinguer les uns des autres, mais l'idée qu'il puisse y avoir une suite à cette aventure illumina amplement son visage.

Après avoir ralenti leur allure et être passés à côté du ponton de débarquement, ils arrivèrent au terme de leur balade.

C'était très frustrant.

Elle aurait tant aimé prolonger cet instant unique, si elle avait pu.

Avec beaucoup de décontraction et de sang-froid, Élio tira le bateau sur la plage aménagée dans les cailloux, et souhaita savoir si elle voulait rentrer chez elle.

— Tu as des choses à faire maintenant ?

Elle lui répondit en secouant la tête de gauche à droite. Non, personne ne l'attendait, à part Paskual peut-être, et si c'était le cas, elle n'était pas du tout impatiente de le rejoindre.

Il lui ferait encore la leçon, la réprimanderait et, comme de coutume, elle serait comme son élève, à attendre une punition.

— Si tu veux, tu peux rester toute la journée avec nous, proposa-t-il.

Tout en lui montrant des baraquements, il la prévint que ses amis et lui devaient se retrouver là-bas pour l'heure du repas.

— Je reviens. Tu patientes ? D'accord ? Je ne serai pas long.

Elle lui fit signe qu'elle ne bougerait pas, bien trop heureuse de ce nouveau rebondissement pour se plaindre. C'était vraiment un très beau garçon quand il courait. Son short léger voletait sur ses fesses musclées.

Elle le suivit des yeux, puis soudain, il disparut.

Épuisée par cette tournée, elle s'allongea et se laissa aller à la douceur de cette journée insolite.

Elle resta ainsi cinq ou dix minutes à compter les nuages cotonneux qui s'agençaient, chacun à leur manière, selon des formes fantasmagoriques.

Un son caverneux s'échappa de l'un d'eux. Elle seule pouvait le discerner. C'était un message. Il y était question de création, d'aquarelles, de pastels, d'œuvres picturales et de pinceaux placés et oubliés dans un coin du placard de sa chambre. Était-ce une incitation, venant du ciel, à sortir son matériel de peinture et à le nettoyer, bien rangé qu'il était depuis des années ?

Peindre de nouveau, pour elle, pour Rose, pour les autres ? Oui, c'était envisageable.

Elle étalerait de grandes toiles sur le sol et les murs et se laisserait aller, comme elle n'avait pas su le faire jusqu'à présent, à une forme d'art où la perte de contrôle dans l'acte créatif serait capitale.

Quand elle aurait terminé, elle accrocherait les tableaux sur les murs. Son appartement ne serait plus qu'une immense toile, où les yeux des visiteurs plongeraient dans les méandres de phénomènes énigmatiques, formes mouvantes qui ne seraient ni figuratives ni abstraites, mais un mélange savant qu'on ne pourrait expliquer avec nos mots.

Soudain, il réapparut, en trottinant. Son visage était radieux.

Elle comprit que ses amis avaient consenti à faire sa connaissance. Légèrement haletant, il lui montra, avec son doigt pointé au loin, l'endroit où ils étaient attendus.

Elle eut subitement un doute. Pourquoi resterait-elle avec lui ? Son meublé douillet l'appelait. Il était temps qu'elle parte, qu'elle rentre, qu'elle s'enfuie, qu'elle s'évade.

Mais non, cette fois-ci, elle devait résister à cette pressante tentation, et suivre Élio.

Le troisième œil était fermé.

Paskual avait-il déjà accepté de la libérer ?

Elle était si légère, alors qu'auparavant, elle se serait sentie si faible, si fragile.

— On va se trouver un endroit pour déjeuner, souffla-t-il.

Et là, elle ne fut pas déçue, car ils se présentèrent et s'embrassèrent comme s'ils se connaissaient depuis des années.

Léo, d'un âge identique et de la même corpulence qu'Élio, était un jeune homme, elle crut le deviner, qui savourait les plaisirs terrestres avec une boulimie gargantuesque.

Il adressa à la nouvelle venue un large et franc sourire qui la réconforta immédiatement.

Sa chérie Lilas, ravissante blonde discrète de vingt-trois ans tout au plus, affichait, elle aussi, des traits détendus.

Mina estima qu'elle avait un joli prénom, comme sa fille Rose et malgré la différence d'âge, elle eut tout de suite envie de s'en faire une amie, ou tout au moins une bonne copine.

— Léo est mon collège de travail, et aussi mon meilleur pote. Il est technicien comme moi. On travaille au même endroit. Hein Léo ? raconta Élio en lui donnant une petite tape dans le dos.

— Oui, d'ailleurs, on n'arrive pas souvent à se supporter tous les deux. Tu verras, quand tu le connaîtras mieux, il a très mauvais caractère… Bon, je rigole.

— Lilas et Tom sont cousins au second degré, mais ils sont proches comme des frères et sœurs, continua Élio. Du reste, le voilà.

Assis dans sa voiture, certainement une vieille Fuego, Tom écoutait, semble-t-il, de la musique pop rock. Elle crut même entendre un morceau de Lenny Kravitz qu'elle adorait.

Grâce au couinement produit par la portière de son auto, elle sut qu'il allait les rejoindre.

Elle aperçut alors un séduisant jeune homme au sourire ravageur et aux cheveux bruns très longs attachés en queue-de-cheval. Un peu plus âgé que les deux collègues, peut-être vingt-sept ou vingt-huit ans, moins costaud et plus petit qu'eux, il avait aussi une allure totalement différente.

Tom lui plut tout de suite. Elle adorait, chez les hommes, les chevelures longues, fines et entretenues.

Ce mélange de virilité et de féminité, que l'on retrouvait plus particulièrement chez les Amérindiens connotait, selon elle, une certaine sensibilité artistique et l'expression d'une recherche spirituelle et esthétique.

Or, il n'était pas Amérindien, bien qu'il y ait en lui des points communs avec eux. Si elle osait, elle se renseignerait sur ses origines.

Ils grimpèrent dans les voitures. Dans celle de Léo, montèrent Lilas, Élio et elle. Tom, quant à lui, les suivit tout seul.

Ils trouvèrent rapidement un lieu non approprié pour pique-niquer. Pourtant, la large bande de terre caillouteuse coincée entre un champ et le fleuve les déconcerta peu.

Malgré le manque d'attrait de l'endroit choisi, cette joyeuse bande vaqua à ses occupations favorites.

Léo et Lilas sortirent les victuailles de leur véhicule, tandis qu'Élio et Tom procédèrent à un examen minutieux de leurs kayaks.

Mina, qui n'avait rien à faire, s'écarta et s'assit sur l'angle d'une petite roche aux bords saillants qui lui cisaillait cruellement les fesses.

Elle balayait des yeux le terrain autour d'elle à la recherche d'une pierre plus accueillante lorsque, tout à coup, Tom s'approcha d'elle. Des traits délicats, le torse nu, vêtu d'un short orange fluorescent qui mettait en valeur ses jambes fines, elle le trouvait sexy.

Ses lèvres s'entrouvrirent pour déposer deux baisers sur les joues qu'elle lui tendit.

Dès cet instant, elle eut une révélation. C'était Hypnos, dans sa forme humaine.

Tout son corps frissonna à cette idée.

Pourquoi croisait-elle sa route ?

Elle qui croyait aux signes du destin, elle devait analyser cela rapidement. Élio, épiant sans retenue la scène, se dirigea d'un pas nonchalant vers le fleuve pour y fumer une cigarette. Il semblait furieux.

Cet épisode fut toutefois oublié en très peu de temps et la bonne humeur revint vite au sein du groupe. Ils goûtèrent au saucisson et au pâté, et firent cuire du bœuf, du porc, du mouton, des montagnes de brochettes et des sommets de côtelettes. Il y avait à manger et à boire pour une semaine, voire deux.

Mina grignota une tranche de pain sec, tout en sirotant un verre de vin rouge. Elle avait très peu d'appétit et ne buvait guère de vin habituellement.

Tout l'inverse des trois garçons qui dévoraient le contenu de chaque assiette et terminaient toutes les boissons à leur disposition. Les bouteilles de bière, de rouge et de blanc furent décapsulées et les bouchons sautèrent. Chacun se servit, sauf elle qui attendit poliment qu'on lui propose un autre verre.

Ce qui fut fait. Elle accepta une mousse et vit qu'elle était dans l'angle d'optique des deux jeunes hommes. Elle se mit dans un espace à l'écart, confuse de tant d'égards. Elle évitait les flirts depuis le grave accident de moto qu'elle avait eu avec son mari cinq ans auparavant. Son décès, si imprévu, si implacable, l'avait plongée dans un gouffre de douleur sans fond.

Depuis, un nœud immobilisait tous ses désirs, même celui de combler ce vide intérieur qui s'était installé en elle.

Afin de chasser ce souvenir funeste, elle rejoignit ses nouveaux amis.

Léo et Élio palabraient dans un coin, en agitant les bras. Tom fumait, pensif face au fleuve, et Lilas rangeait le coffre de sa voiture. Elle s'avança vers Tom d'un pas déterminé. L'absorption d'alcool la rendait audacieuse.

Il posa sur elle un regard caressant. Elle en fut tant enflammée qu'elle fut dans l'incapacité de prononcer une parole. Léo lui offrit une nouvelle boisson, qu'elle refusa cette fois-ci.

Chacun la traitait avec respect et s'informait sur ses besoins ou ses envies.

C'était irréel. Elle n'était plus sur terre.

Ils s'approchèrent d'elle pour lui dire qu'ils allaient retourner au point du départ des bateaux pour participer à l'autre grande balade suggérée par le club de canoë.

— Tu viens avec nous ?

— Volontiers, assura-t-elle, sans sourire, après une brève hésitation.

En réalité cette proposition la réjouissait. La camaraderie lui avait tant manqué ces dernières années.

Bien sûr, elle avait toujours pu compter sur le soutien de ses copains de jeunesse Fabien et Marie. Or, l'occasion qu'elle avait aujourd'hui d'accroître son cercle amical la comblait de joie.

Repus, ils regagnèrent la rive en traînant leurs kayaks. Leurs déambulations étaient freinées par les corps des estivants entassés sur le minuscule bout de plage. Il leur devenait difficile de se frayer un passage vers l'eau, pourtant ils finirent tout de même par y arriver au prix de multiples efforts.

— Bon, on y va, dit Léo. Tu viens avec nous ?

— Je préfère vous attendre ici.

Les participants étaient nombreux, avec çà et là quelques femmes. Le départ était imminent. Top !

Tous les canoës et les kayaks se chevauchaient entre eux, et avec beaucoup d'autres, lorsque le signal du déclenchement de la course retentit.

Impossible pour eux de se libérer de cet enchevêtrement.

Léo, Lilas et Élio donnèrent de grands coups de pagaies pour se dégager des autres et ce fut l'effet inverse qui se produisit, puisqu'ils se retrouvèrent, malgré eux, sur des embarcations voisines.

De son côté, Tom, en plein chaos et secoué de tous bords, ne maîtrisa pas son bateau et chavira. Il fit un tour sur lui-même et ressortit de l'autre côté, tout mouillé.

À cette vision, Mina laissa échapper un petit rire sonore.

Quant à Élio, il avait réussi à s'éclipser. Les sportifs disparaissaient, les uns après les autres, et bientôt la jeune femme n'aperçut plus rien qui bougeait sur le fleuve, à part les larves des libellules et des éphémères.

Épuisée par ses nombreuses nuits d'insomnie, elle souhaitait plutôt s'allonger sur de l'herbe bien fournie et fermer les yeux. Dans un lieu reculé à l'abri des indiscrets, elle s'étendit, son profil exposé aux rayons brûlants du soleil.

Peut-être ne reverrait-elle jamais ses nouveaux copains. Ce qui lui importait, c'était de dormir.

Couchée sur le ventre, le visage collé à sa serviette, elle commençait à se relaxer et même à somnoler lorsqu'elle entendit cette voix d'outre-tombe qu'elle connaissait si bien :

— Méfie-toi de l'un des trois, il a une âme plus sombre que les autres.

— Tais-toi ! Je fréquente qui je veux, et quand je veux. Toutes les personnes que je côtoie ont, d'après toi, des pensées noires et à cause de tes conseils, j'ai perdu presque tous mes amis. Je voudrais dormir, s'il te plaît.

Plus de deux heures plus tard, un afflux de gens lui permit de réaliser que le circuit était certainement terminé, qu'ils allaient revenir, et sans doute la chercher.

Subitement, elle se releva, et non sans mal, aperçut au loin Lilas, Léo et Élio qui étaient les premiers à marcher à sa rencontre. Ils avançaient. Elle se sentit de nouveau pleine de vie.

Une sensation de chaleur monta en elle comme la sève dans une branche de bouleau.

Élio se rapprocha d'elle et lui fit remarquer qu'ils l'avaient cherchée partout. Elle eut même droit à un mini-procès parce qu'elle s'était esquivée comme ça, sans les prévenir. En plus, Tom était frustré de son absence.

— Il aurait bien aimé que tu participes à cette course, que tu t'amuses un peu avec nous, au lieu de t'éloigner comme ça, toute seule.

SCÈNE DE SENSUALITÉ

Tandis que Lilas et son compagnon ramenaient leur canoë aux voitures et partaient chercher du ravitaillement pour le repas du soir, Tom se désaltérait goulûment. L'eau, versée en désordre dans sa bouche, débordait telle une fontaine sur sa gorge et son torse musclé.

Soudain, il approcha.

— Désolé. J'étais fatiguée. J'avais besoin de me reposer, s'excusa-t-elle.

— Tu veux venir te baigner avec nous ? lança-t-il en penchant la tête.

Cette suggestion lui plut, le visage incliné aussi.

Alors, elle les suivit dans le fleuve comme on suivrait son étoile. Les amis, suivis de près par Mina, galopaient, s'aspergeaient et plongeaient la face en premier, tandis qu'elle préférait s'arroser doucement, d'abord les cuisses, puis l'abdomen et la poitrine.

Et hop ! Elle fléchit les genoux et son corps fut recouvert par l'eau vive du fleuve.

Pour résister aux flots, elle devait crawler.

Bien qu'elle ne pratique que la brasse, elle voulut leur prouver qu'elle était une vraie naïade.

Or, le courant l'emportait et l'égarait de plus en plus. Elle crut réellement les perdre de vue. Alors se produisit un événement totalement inespéré.

Tom la dépassa. Il nageait vite et bien.

Il s'arrêta net à sa hauteur, et là commença un face-à-face amoureux qu'elle ne gommerait pas de sitôt de son esprit. Tout d'abord, ils se toisèrent et s'interrogèrent, muets malgré le trouble palpable entre eux. Puis, simulant une certaine indifférence, elle s'écarta.

Alors, il la saisit par la taille, d'une poigne à la fois ferme et brûlante. Elle tenta de se dégager de cette étreinte, mais il la rattrapa avec la paume de la main et l'attira à lui pour la faire glisser à l'intérieur de son torse.

Ce contact ne lui fit cependant pas perdre la tête puisqu'elle tâcha de lui échapper.

Il la séduisit pourtant de nouveau, car elle fondit dans sa masse, dissimulée qu'elle était par ses interminables bras. Il resserra doucement la pression, et malgré leur forte connexion à la fois veloutée et troublante avec l'élément liquide, leurs enveloppes charnelles se frôlèrent.

Ils sentirent leur peau et tous les reliefs de leurs corps inondés. Leurs sexes jouaient à s'émouvoir et leur langue à se recevoir, mais la forte houle, subitement, les sépara.

Dès lors, il la saisit par son bas de maillot qui, sans égard pour elle, resta captivé par ses doigts agiles. Suspendue à sa volonté de la libérer, elle s'appliqua elle aussi à déposer ses mains sur les fesses tendues comme un arc du beau séducteur.

Au milieu de ce fleuve agité, ils s'enlaçaient.

Elle n'avait plus du tout pied.

Confiante, elle se laissait porter.

Il manifesta encore une fois son désir par un baiser arrosé, et s'amusant, la lâcha. Comme elle disparaissait, il la tira hors de l'écume, l'embrassa plus longuement et la relâcha.

Afin de ne plus couler, elle s'accrocha à son cou et posa ses mains sur ses cheveux qui flottaient à la surface comme des algues.

Alors, leurs lèvres se cherchèrent, se fouillèrent, s'explorèrent. Ils vivaient tous deux un tel instant de volupté qu'ils ne remarquèrent pas les regards des autres nageurs.

D'un seul coup, elle se détacha, se retourna, et aperçut Élio qui les fixait. Dans son œil bleu devenu noir, elle crut entrevoir l'orage qui allait s'abattre sur sa frêle carcasse.

Un scrupule la submergea, alors elle se laissa flotter en direction de la berge, sortit de l'eau et s'étendit le menton dans sa serviette.

Tom, aucunement embarrassé par cet instant de sensualité volé à son ami, le rejoignit à vive allure et ensemble, ils firent cinquante mètres en direction d'un gros rocher. Le plus jeune des deux prit la parole, ce qui était une habitude entre eux. Ils étaient totalement opposés dans leur manière d'être. Élio parlait et Tom agissait.

Bien qu'il soit envieux du succès de son ami, il se garda bien de faire un esclandre. Ce n'était pas la première fois qu'ils se disputaient une fille.

Sérieuse était leur rivalité.

Aussi, il affirma d'un air léger qu'il n'était pas jaloux, car il tenait encore à son ex et Mina ne lui plaisait pas.

— Ni elle ni une autre femme ne peuvent me faire oublier Sandra. J'aimerais vraiment la revoir d'ailleurs. Qu'est-ce que tu en penses ?

— Fais ce que tu veux. Tu connais mon avis.

— Tu ne l'apprécies pas. Je le sais.

— Ce n'est pas ça. Je ne désire pas en discuter maintenant.

— Si, on devrait en parler, au contraire. Elle a toujours été très sympa avec toi. Pourquoi tu la détestes ?

— Je n'ai rien contre elle, je te l'ai déjà…

Le coupant subitement, Élio lui demanda si avec Mina, c'était bon dans l'eau.

— Elle me plaît bien.

— Tu dis ça à chaque fois.

— Eh ! Tu exagères. Elle est super cool. Tu peux essayer de la choper toi aussi.

— Non, et puis je vais proposer à Sandra…

— Tu veux retourner dans ta prison dorée ? Tu n'avais même plus le droit de faire la fête avec tes potes. Tu te souviens ?

Il avait raison, il n'avait que vingt-six ans. Il était encore jeune et n'allait pas recommencer avec elle, juste pour ne plus être seul.

Ce serait idiot.

Ils nagèrent côte à côte en poursuivant leur dialogue. Ils s'entendaient bien.

Ce ne serait pas une fille qui les séparerait, ni casserait leur amitié

Sur le bord, ils s'allongèrent tous deux à côté de leur nouvelle copine, l'un à sa gauche et l'autre à sa droite, sur le sable encore brûlant malgré la fraîcheur de la fin de la journée qui tombait peu à peu sur les épaules dénudées des vacanciers.

Elle leva la tête en feignant l'étonnement, à gauche, puis à droite.

Un peu angoissée, elle essayait de deviner leur disposition la concernant.

À leurs larges et francs sourires, elle comprit que cette journée particulière n'était pas achevée.

Elle avait une bonne intuition, car ils se mirent promptement debout, tous les deux dans un même élan et lui révélèrent en chœur :

— On rapporte les kayaks aux voitures, on fait quelques courses et on revient. Tu nous attends ?

— Je ne bouge pas, répondit-elle, de nouveau comblée par cette prolongation tant espérée.

À leur retour, ils s'accroupirent pour la seconde fois auprès d'elle, l'un à gauche et l'autre à droite, et l'incitèrent à rester avec eux.

Une fois de plus, c'est Élio qui prit la parole pour aviser la jeune femme du programme de la soirée.

— Lilas a de la famille qui habite en Catalogne, à Cadaqués. Ils ont une petite maison dans les hauteurs, avec vue sur la mer. On est invités à dîner. Tu veux venir avec nous ? Après, on revient tous en France, et si tu l'acceptes, on te raccompagne chez toi avant de se séparer et de rentrer.

— Vous allez sur la Costa Brava maintenant ? Non, je ne vous accompagne pas, c'est trop tard. J'ai un rendez-vous médical demain matin.

— Ça fait plaisir à tout le monde, répondit-il avec une voix irrésistible. Allez, ne fais pas ta petite vieille. On est en été et ce n'est vraiment pas loin. En un peu plus de deux heures, on y est.

— Ne les écoute pas ! Je t'interdis d'aller là-bas avec eux, murmura Paskual. Rentre à l'appartement ! Nous avons à parler tous les deux.

— Arrête de faire ton grincheux, Paskual. Pour une fois que je m'amuse !

Tom hochait la tête en guise d'acquiescement. Ses yeux brûlaient d'espoir. À moins que ce soit de la comédie, se dit-elle.

— Ok. Je veux bien rester avec vous, lança-t-elle, déconcertée par la confiance qu'elle vouait à quatre jeunes qu'elle connaissait à peine.

Elle plia toutes ses affaires et les suivit jusqu'aux voitures.

Léo et Lilas discutaient tout en observant un deltaplane à la jumelle.

Ils accueillirent gaiement la décision de Mina, et les voilà tous repartis. Élio monta avec elle, Tom se réserva sa guimbarde, et Léo et Lilas grimpèrent dans la décapotable qu'ils s'étaient offerte deux mois auparavant.

Ils suivirent le fleuve et ses gorges creusées dans le Causse-de-la-Selle. Ils traversèrent des zones de garrigue entrecoupées de villages médiévaux, classés pour certains, et conduisirent un long moment, avant de parvenir sur le littoral qu'ils empruntèrent en direction de la frontière espagnole.

Ils roulaient vite. Ils avaient hâte.

Pour eux, flâner le long des maisons blanches peintes au lait de chaux, reliées entre elles autour de l'église Santa Maria et du musée, et humer les senteurs des bougainvilliers, était vraiment un de leur plus grand plaisir lorsqu'ils étaient à Cadaqués.

Dans leur périple, ils aperçurent des étangs, des cormorans, des roselières, des sternes, des mouettes, et quelquefois la grande bleue derrière les dunes et les pins parasols. Tout en observant un vol de flamants roses qui planaient au-dessus des étangs et des marais, elle écoutait Élio. Loquace, il parlait de tout et ne lui laissait aucune possibilité de réfléchir à ce qui lui était arrivé avec Tom.

— Dis-moi ! Tu t'entends bien avec Tommy ?
— Oui, reconnut-elle.
— Je voulais t'avertir qu'il plaît beaucoup aux femmes. Il cumule les conquêtes. Pour lui, toi ou une autre, c'est pareil.
— Je ne cherche pas le grand amour, mentit-elle.
— Je te préviens, c'est tout. Il ne reste jamais trois mois au même endroit ou avec la même fille. Des fois, il disparaît même. Puis, il réapparaît des semaines après. Je ne le comprends pas toujours. Il est vraiment différent de moi.

Pourquoi lui racontait-il tout cela ? Voulait-il la détourner de lui ? Pouvait-on parler d'un ami de cette manière ?

À peine arrivés et descendus de voiture, Tom, Lilas et Léo vinrent les rejoindre. Les collines environnantes, les arbres, les plantes, les fleurs, les magnifiques demeures catalanes, la végétation luxuriante, la mer qui brillait, tout était ensoleillé sous leurs yeux ébahis.

Accueillis avec chaleur par l'oncle et la tante à Lilas, ils furent priés d'entrer dans la cour, puis dans la maison.

Tandis qu'ils franchissaient le vestibule, des visages excités se tournèrent vers elle.

Elle en comprit la raison lorsqu'ils pénétrèrent dans le vaste séjour. Au-delà de la terrasse, le tableau était enchanteur. C'était immense, c'était bleu, ça brillait de mille feux, c'était la mer et le ciel dans toute leur splendeur. Le soleil dans sa marche vers l'horizon avait déposé quelques traînées rosâtres.

Et eux, ils oublièrent tout. Ils restèrent là, un long moment à admirer cette vue apaisante et sublime. Mina songea à ses peintures et pinceaux, Élio rêva de voyages et Tom de prendre la jeune femme dans ses bras.

Au-dessous d'eux, ils pouvaient contempler la célèbre bourgade catalane, son grand port naturel, et tous les voiliers et les yachts qui attendaient leurs propriétaires pour naviguer. Mina observait un hors-bord qui surfait sur les vagues en laissant dans son sillage une large bande d'écume blanche, lorsque Lilas lui annonça que son oncle avait invité de la famille à dîner avec eux.

— Ta tante a besoin de quelque chose ? Je vais acheter du pain dans le village si tu veux ?

Sans attendre la réponse, elle prit son sac. Elle s'apprêtait à quitter la maison, lorsque Tom bondit de son siège comme une souris qui a vu un chat.

— Je t'accompagne.

Dans la voiture, il lui indiqua le chemin pour se rendre à une épicerie. Tandis qu'ils roulaient, il posa sa main sur la cuisse de la jeune femme, tout en légèreté. Arrivés devant la boulangerie, ils se rapprochèrent. Lui en profita pour plaquer son visage à celui de la jeune femme, dans l'espoir qu'elle y dépose un baiser.

Elle le repoussa pourtant, et à contrecœur, en chuchotant qu'elle avait trente ans.

— Je suis un peu plus âgée que toi.

— Tu racontes des sornettes maintenant ? siffla Paskual. À quoi cela te sert-il ? À entrer dans une sorte d'illusion ?

— Je le sais que mentir mène à une impasse. Un jour, soit on dit la vérité, soit le mensonge est découvert.

— Pourquoi n'assumes-tu plus ton âge ? Pourquoi te caches-tu derrière un faux-semblant ? Tu n'es plus toi-même. Je ne te reconnais plus.

— Ils sont jeunes.

— Pour eux, que tu aies trente ou trente-deux ans, c'est pareil.

— Arrête de me faire la morale et laisse-moi tricher, si ça me chante.

— Ton âme s'égare, tu es prévenue.

Tom était muet. Gêné par cette différence d'âge entre eux, lui, non. C'était une bombe à ses yeux, son idéal féminin, son fantasme. Puis, son style, ce n'était pas de renoncer.

Une fraction de seconde plus tard, il se pencha très près de son visage et un audacieux reflet vert foncé s'échappa de son iris.

— Profite de ce que la vie t'apporte. Tu es très jolie comme nana. Un jour, tu ne le seras plus.

— Tu as raison, mais j'ai encore un peu de temps devant moi. Hein ?

Il s'interrompit. Il n'avait guère envie de se dévoiler, de négocier et encore moins de philosopher. Il considérait que beaucoup de paroles ne servaient à rien et que les silences étaient bien plus parlants.

Il posa sa main sur la joue de la jolie brune et repoussa ses cheveux derrière son oreille.

Elle fut une fois de plus attendrie, prête à tous les horribles sacrifices qu'il exigerait d'elle.

Alors, et à sa grande stupéfaction, il se tourna, décidé à rester sage pour ne pas la froisser, car la vexer ne permettrait pas de la dérider.

Ils achetèrent quelques provisions et revinrent chez l'oncle et la tante à Lilas.

LA BALADE
À CADAQUES

Les aînés préparaient le dîner. Les jeunes, de leur côté, s'installèrent sur la terrasse, près d'une table avec des cocktails et des biscuits apéritifs.

Ils se délectaient du décor.

Autour d'eux, tout prenait une teinte dorée : les cheveux, les corps, les yeux, les cerveaux.

En un éclair, Léo, qui épluchait des légumes, se coupa.

L'entaille de son doigt semblait profonde.

Aussitôt, tout le monde l'entoura et étudia sa plaie, tout en lui prodiguant mille conseils qu'il n'avait pas l'intention de suivre.

Il devait toutefois admettre que le sang coulait sur le sol à flots ininterrompus et que seule une grosse compresse pourrait le stopper.

Tout en examinant les mains de son amoureux, Lilas découvrit que sa peau était rêche et comportait plusieurs marques de blessures anciennes.

Devant ce constat, elle ne put s'empêcher de le blâmer.

— Tu ne fais jamais attention à toi. Tu as plein de cicatrices partout. Tu sais pourtant que tu es très maladroit.

— Ce n'est peut-être pas le moment ni le lieu pour me faire ce genre de remarques. Tu ne vois pas que je saigne. Va plutôt me chercher des pansements et du désinfectant !

Lilas quitta la table et se dirigea vers la salle de bains. Elle paraissait contrariée.

— Elle a raison, je me fais souvent très mal. Je travaille beaucoup manuellement. Je fais souvent de la mécanique et pas mal de bricolage et, à chaque fois, boum, un trou. Regardez !

Afin d'illustrer ses propos, il se mit debout, et pointa avec son index valide les parties citées. Tout le monde jouait le jeu et examinait chacune des lésions avec attention.

Puis Lilas revint et le soigna sans dire un mot. Mina, compatissante, eut envie de lui prodiguer à son tour des conseils :

— Quand tu bricoles, souviens-toi qu'il faut te protéger. C'est important.

— Vous n'allez pas tous vous liguer contre moi tout de même, hein ? Qu'en penses-tu, Élio ?

— Moi, je ne fais jamais de bricolage, comme ça je ne me salis pas les mains.

Tom se taisait, mais ne perdait pas un mot de la conversation. Il prit une cigarette. La fumée se répandit loin devant en une volute qui se désagrégea dans l'atmosphère déjà surchauffée par la chaleur estivale. Élio l'imita, mais pas Mina, car bien qu'elle fumât peu, elle cherchait à arrêter, et cela depuis des années.

Quant à Tom, qui avait des doigts longs et fins, fumer du tabac ou d'autres substances était naturel chez lui. Par contre, il détestait enfoncer ses mains dans un moteur.

Il avait une prédilection pour tous les métiers artistiques, et pour la communication visuelle en particulier depuis sa formation de graphiste dans une école privée. Il eut à son tour envie de se confier à sa nouvelle copine.

Sortant du mutisme dans lequel il s'était cloîtré depuis son ébauche de séduction, il affirma que son truc, c'était plutôt le langage des images et qu'il était comblé puisqu'il bossait dans une grosse agence publicitaire.

Ils l'avaient pris en stage au terme de son brevet de technicien supérieur, et à la fin de son contrat, ils l'avaient gardé.

— Dans mon temps libre, le week-end, je crée des bandes dessinées et des pochettes de disque. Ce sont mes deux passions.

Il s'interrompit. Il était plongé dans sa tête.

Admirative, elle lui répondit qu'elle en achetait et lisait beaucoup, et qu'elle trouvait que les dessinateurs avaient pour la plupart un talent hors du commun. Talent qu'elle aimerait bien posséder.

— C'est le neuvième art tout de même.

— Ce doit être très beau ce que tu fais. Tu me montreras ton travail un jour ? Tu sais, j'ai fait les Beaux-Arts pendant trois ans. J'étais une artiste. J'ai donné de nombreux cours de dessin et de peinture à des enfants. J'adorais ça.

— Avant ? Tu ne pratiques plus ?

— Vous êtes faits pour vous entendre tous les deux, intervint Élio, malicieux.

Oui, c'était vrai. Elle reconnaissait que son allusion était pertinente. Ils avaient de nombreux points communs. C'était certainement la raison de leur attirance réciproque.

Elle le toisa d'un œil nouveau.

Dès le tout premier regard, elle avait pressenti sa nature sensible et pacifique et une certaine osmose entre son physique et son âme. L'ensemble était très harmonieux. Le regarder, c'était mieux que de contempler une œuvre d'art ou une pépite d'or. C'était de l'émotion à l'état pur.

Malgré cela, elle ressentait chez lui une certaine fragilité. Cette vulnérabilité transperçait au travers de sa voix, dans ses gestes indécis et dans son attitude de repli derrière ses amis. Était-ce dû à une blessure secrète ou manquait-il tout simplement de confiance en lui ?

— Non, je ne peins plus. Je n'ai plus le temps, et plus trop l'envie. C'est un peu compliqué de te l'expliquer maintenant.

— Moi, c'est l'inverse. Je ne peux pas me passer de dessiner, même après une journée de travail ou quand je suis stressé. Ça me permet de tout évacuer.

Pour illustrer ses propos, il secoua son épaisse chevelure dans tous les sens avant de la faire disparaître sous plusieurs élastiques.

Quel homme secret, se dit-elle, persuadée qu'elle n'en apprendrait pas plus sur lui à l'heure actuelle.

Néanmoins, plus elle y réfléchissait, plus elle était intuitivement persuadée qu'il avait dû vivre un traumatisme, peut-être dû à des blessures non refermées ou à un grave problème familial. Elle interrogerait Lilas, et peut-être en saurait-elle plus sur lui.

Elle pensa tout à coup à son cas personnel.

Elle avait longtemps cru ne jamais cicatriser de ses fractures et contusions occasionnées par la collision de la bécane de Pascal avec un camion, toutes ces années après l'accident.

Pourtant, elle se trompait. Le corps et l'esprit, elle en avait fait l'expérience, vivaient en étroite harmonie. Si l'un d'eux se brisait, l'autre suivait, et inversement.

L'esprit pouvait également insuffler une grosse quantité de force au corps pour l'accompagner dans sa guérison. Elle avait mis cinq ans pour panser chacune de ses plaies et pour espérer renaître. Cinq ans à l'hôpital durant des mois tout d'abord, puis chez elle en convalescence.

Cinq ans de deuil aussi, à pleurer l'homme de sa vie, le père de sa fille Rose.

Les autres suivaient le dialogue et hochaient régulièrement la tête.

— Moi, c'est surtout le rugby qui me permet d'évacuer mon stress, dit Léo.

— Oui, c'est sûr, après un match et trois pastis, tu dors comme un bébé, poursuivit Lilas, en riant. Moi, je n'ai jamais eu cette chance. Je dois toujours prendre un somnifère le soir, sinon je ne ferme pas les yeux de la nuit.

— Ah ! C'est pour ça que tu as souvent les yeux vitreux le lendemain d'un match ? se moqua Élio. Je me disais bien que la troisième mi-temps te faisait de l'effet.

— Qu'est-ce que tu veux dire par là ?
— Je plaisante.
— C'est vrai que tu sens de plus en plus l'alcool quand tu rentres. Ce n'est pas très agréable, Lilas rajouta.

Mina se remémora brusquement ses propres nuits. Elle aussi se détendait difficilement le soir et était même sujette à de nombreuses insomnies. Alors, elle prenait toutes sortes de sédatifs pour s'endormir.

Sans trop y penser, elle vidait boîte après boîte, et cela depuis des années.

Elle devait tant être courageuse pour rejoindre son lit et affronter la nuit.

Elle savait qu'une fois sur deux, Paskual sortirait de l'obscurité.

Comment lui échapper, lui qui se croyait vivant ?

Combien de fois lui avait-elle déclaré qu'il était trépassé et que sa place était loin d'elle, dans son paradis ?

— Je n'ai pas eu le temps de te dire au revoir, affirmait-il souvent, peiné par cette interruption brutale et sans appel dans leur histoire de jeune couple avec un bébé.

— Tu me dis au revoir depuis des années maintenant.

— Je ne te l'exprimerai jamais assez, et je ne réparerai jamais assez le mal que je vous ai fait, à la petite et à toi, ce jour-là, en brisant notre vie de famille. Cet accident, j'aurais certainement pu l'éviter si j'avais roulé un peu moins vite et si je n'avais pas voulu dépasser la voiture.

— C'est vrai, mais tes remords ne changeront plus rien maintenant et nous ne pouvons pas remonter le temps.

— En restant auprès de vous, je continue à vivre. J'observe mon petit bout de chou, son joli sourire et ses belles bouclettes blondes. Je te vois toi aussi, ma compagne adorée.

— Paskual, je ne suis plus ta compagne. J'étais autrefois celle de Pascal. Toi, tu es juste un fragment d'habitant qui squatte mon cerveau pour son plaisir égoïste. À cause de toi, je ne dors jamais une nuit entière. Nous dialoguons, nous débattons, et pourtant ça ne mène à rien. À l'extérieur, les rapports humains sont plus qu'imparfaits, mais ils sont vrais.

Alors, que toi et moi, nous n'entretenons que notre passé, et toujours dans l'obscurité.

Le soleil déclinait et des couleurs chaudes enveloppaient les jeunes gens d'une luminosité un peu irréelle.

Mina eut envie d'enlever le sable qui lui collait sur le corps et de se laver les cheveux.

— Est-ce que je pourrais me doucher s'il vous plaît ? se renseigna-t-elle auprès de Lilas et de sa tante.

Ce fut Lilas qui lui indiqua le chemin de la salle de bain.

Elle ôta son short, son maillot, et la voilà sous la douche. Le filet ruisselait sur ses épaules.

Comme c'était bon de se savonner après une journée à faire du sport ! Elle prenait son temps. Elle aimait laisser l'eau couler sur son visage et ses cheveux.

Tandis qu'elle se frottait, la porte s'ouvrit.

Elle s'accroupit, imaginant trouver Léo ou l'oncle à Lilas.

Tom apparut. Lentement, très lentement, il la scruta de haut en bas avec son expression indéfinissable, et sans un mot, referma la poignée.

Il a un comportement bizarre. C'est vraiment indiscret, se dit-elle, pourtant ça me plaît.

Toute fraîche et revigorée, elle rejoignit ses amis. Ils avaient quitté la terrasse et écoutaient de la musique dans le salon.

L'oncle à Lilas, qui était parti faire la sieste, réapparut. Il s'assit dans un fauteuil, resta prostré ainsi cinq minutes, puis se leva en considérant la nouvelle amie de Lilas.

Très attentif à son bien-être, il voulut la sonder par une question.

Elle l'anticipa en répliquant que cette maison sur les hauteurs de Cadaqués, avec la vue sur la mer à 180 degrés, c'était hum, un vrai régal pour les sens et un souvenir qu'elle n'oublierait jamais.

Soudain, les deux garçons eurent envie de se balader. Ils proposèrent à toute la famille de faire un tour dans le centre historique et le long du port.

— Qui vient marcher avec nous avant le repas ?

— Personne. On connaît, répondirent-ils tous en chœur.

— Ben moi, dit Mina, ravie de s'extirper de la torpeur du salon et de marcher dans ce village si apprécié des touristes du monde entier.

Le soleil se couchait et la nuit enveloppait le massif du Cap de Creus de son manteau noir.

Ils descendirent à pied, presque en courant et franchirent le dédale des rues pavées avec leurs boutiques d'artisans, leurs commerces et galeries d'art sans s'arrêter. Ils avaient hâte de contempler le bord de mer, ses multiples variations de couleur et son ambiance bohème.

Ils longèrent un quai, des barques et des canots à moteur, passèrent à côté de restaurants aux plateaux de coquillages alléchants et devant des terrasses de cafés aux fauteuils garnis de coussins moelleux.

Il flottait des odeurs de poissons dans l'air apaisant du soir, ce qui donna faim à Mina.

C'était l'heure où l'on se plaisait à rêvasser, car finalement la vie est fabuleuse si l'on se donne les moyens de la savourer.

Elle était toujours émue lorsqu'elle se trouvait à Cadaqués.

À chaque pas, elle songeait à tous ces artistes qui, avant elle, avaient choisi de résider dans ce lieu pour son charme et sa douceur de vivre.

Elle pensait surtout à Salvador Dali et à sa maison-musée de Portlliga, ravissant petit port de pêcheurs situé dans la baie.

— On va voir la casa de Dali ? elle proposa, le sourire aux lèvres. Ce n'est pas très loin à pied.

— Ok. On va visiter cette fameuse maison et on remonte pour manger.

Ils descendirent de nombreuses ruelles.

Les quartiers qu'ils traversaient étaient excentrés et beaucoup moins connus des promeneurs. Il n'y avait plus personne pour goûter au silence.

Élio marchait à sa gauche, tandis que Tom était à sa droite.

Sans prévenir, ils s'arrêtèrent. Comme s'ils l'avaient prémédité, ils l'attrapèrent chacun par le bras. Ils reprirent de cette manière leur circuit, bras dessus bras dessous, tous les trois amusés de mimer une séquence du film mythique, *les Valseuses* dans laquelle Miou-Miou, coude à coude avec les acteurs Patrick Dewaere et Gérard Depardieu, jouait une scène similaire.

Une infime différence était quand même à noter, car elle ne portait pas un chemisier qui dévoilait la moitié de ses seins.

Ainsi unis les uns aux autres, ils aperçurent après un virage un œuf d'autruche. C'était le premier signe annonciateur de leur arrivée devant la maison de Dali.

Parvenus enfin sur les lieux, ils ne purent pas la visiter. Tout était fermé.

Alors, ils décidèrent de s'allonger quelques minutes sur la petite plage pierreuse du maître et de sa muse en écoutant le léger clapotis des vagues.

Quelques petits gamins jouaient à côté d'eux. Ils riaient de satisfaction. Comme c'était beau cette joie enfantine ! Elle songea subitement à sa fille.

Que faisait-elle ? Jouait-elle ? S'amusait-elle bien chez sa mamie ?

Elle lui manquait terriblement.
Le temps était trop long sans elle, néanmoins elle savait que dans quelques jours, elle reviendrait, et qu'elle pourrait la serrer dans ses bras.

De la mer à ses amis, des enfants à la mer, ses yeux vagabondaient.

Seul l'instant présent comptait.

De leur côté, les garçons laissaient errer leurs pensées, le menton tendu vers l'horizon, alors elle les imita.

Très en retard sur le planning prévu par la tante, ils s'installèrent aux trois dernières places laissées à leur intention. Les convives avaient entamé le dîner.

Toutefois, on ne leur fit aucune remarque.

La jeune femme, aplatie à l'extrémité de la table comme un coussin entre ses deux copains, tandis que l'oncle trônait seul à l'autre bout, polissait avec un petit morceau de pain son assiette vide.

Pourtant, le reste du poulet et des frites tardait à arriver jusqu'à son assiette.

Les trois garçons et Lilas, indifférents aux propos échangés, ne s'adressaient la parole qu'entre eux. Leur attitude volontairement désinvolte la gêna. Ils ne connaissaient pas leur chance d'être invités par cette famille, songea-t-elle. Brusquement, et sans que personne ne s'y attende, la tante à Lilas se tourna vers les trois copains et leur demanda d'une voix énergique :

— Alors la jeunesse, vous faites quoi de beau en ce moment ?

Pris au dépourvu, ils réfléchissaient ou du moins ils imaginaient chacun à leur manière comment ils allaient répondre à cette question. Mais Léo, plus réactif qu'eux, ne leur laissa guère le temps de se ressaisir.

— Je vais te le dire, moi, ce qu'ils font toute la journée, ils sèchent de l'herbe. Voilà tatie ce qu'ils font de beau en ce moment.

Tout le monde plaisanta et ricana, sauf les deux jeunes concernés.

Mina, déjà très comprimée entre ses copains, se tassa encore plus.

— Si c'était vrai, je ne sais pas comment on ferait pour aller bosser, répondit Élio. Léo, toi aussi tu fumes, et tu bois, en plus. D'ailleurs, après une soirée bien arrosée, je ne sais pas comment tu fais pour te concentrer au travail.

— Bon, on va changer de sujet, dit la tatie. Si nous parlions de… De Mina. On ne vous entend pas beaucoup. Vous êtes toute muette dans votre coin de table.

Interpellée de la sorte, elle ne sut pas quoi dire. Elle se sentait épuisée.

Un grand silence, entrecoupé de temps à autre par le vrombissement d'une grosse mouche, se fit dans la pièce.

Que pouvait-elle bien raconter à cette femme mariée, d'un certain âge et d'une certaine aisance sociale, sans dire des banalités ?

Pouvait-elle lui révéler qu'elle l'enviait de sa bonne fortune de posséder une si belle maison dans les hauteurs de ce joli village ?

Pouvait-elle lui dévoiler qu'elle n'avait ni compagnon ni emploi et une fille de presque six ans à élever toute seule ?

Pouvait-elle enfin lui confier que l'esprit de son mari défunt était collé à elle et qu'il se nourrissait de son énergie ? Non. C'était impossible.

— Le littoral catalan est vraiment splendide. Je l'ai parcouru sur toute sa longueur. Par contre, je ne suis pas encore allée plus au sud, après Valencia. J'adore toute la Catalogne et même les autres endroits d'Espagne, dans l'arrière-pays, et vous ? Vous connaissez toute l'Espagne ?

— Oui, nous avons visité beaucoup de localités. La côte nord en direction de la Galice et du Portugal est aussi très plaisante, par contre ce n'est pas le même climat. C'est mieux ici.

— C'est une artiste peintre. Je suis certain qu'elle ferait de magnifiques aquarelles des bateaux et de la côte catalane si elle habitait dans les environs, rajouta Tom.

— Oh ! J'adore. Que peignez-vous exactement ? Du figuratif, de l'abstrait ?

— Un peu des deux ou un mélange des deux, plus exactement.

— Très intéressant. Je suis certaine que vous avez du talent. J'aimerais bien voir vos créations. Si nous passons un jour dans votre secteur, nous viendrons vous rendre visite. Nous visitons beaucoup de musées. Nous adorons l'art...

Lilas interrompit brusquement sa tante. Il était grand temps pour eux de partir. Ils devaient tous rentrer. Ils avaient beaucoup de kilomètres à faire.

— J'ai un rendez-vous urgent tôt demain matin, déclara-t-elle subitement pressée.

Les garçons acquiescèrent. Dix minutes plus tard, tout le monde se levait et donnait congé à leurs hôtes.

— On se retrouve demain au boulot, Élio ? dit Léo. On file de notre côté. Au revoir à tous. À bientôt.

FIN DE CETTE JOURNÉE PARTICULIÈRE

Trois heures plus tard, ils se retrouvèrent sur le trottoir devant l'appartement de leur amie, dans l'obscurité totale.

C'était une heure trente du matin.

Élio avait fait tout le trajet dans la voiture de sa nouvelle copine.

Pour lui, l'aventure ne faisait que commencer. Tom, n'ayant pas eu le choix, les avait suivis.

À peine assis auprès d'elle, il avait posé toutes les questions qui lui trottaient dans la tête depuis le début de leur rencontre.

— Comment se fait-il que tu sois toute seule, et depuis combien de temps ? Tu es divorcée ? Tu es seulement séparée ?

Après une seconde ou deux de répit, il avait repris son questionnaire.

— Et le papa de ta fille Rose, il est où ? Vous êtes fâchés ?

— Non, non et non, avait-elle fini par lâcher en sanglotant. Tu veux être au courant de tout ?

Eh bien ! Je vais te raconter le drame que j'ai vécu il y a cinq ans. Tu es prêt à écouter mon discours ?

Il s'était subitement blotti sur son siège, effrayé par le timbre grave de la voix féminine qui semblait monter d'un tiroir-caisse abandonné depuis des années.

Le récit avait duré longtemps. Elle avait tant à exprimer. Sa sanction avait pris fin, lui avait-elle expliqué. Sa lente marche solitaire était terminée, elle en était maintenant persuadée.

Ses journées et ses nuits seraient dorénavant plus calmes et beaucoup plus reposantes, elle en avait acquis l'intime conviction.

Maintenant, elle se battrait pour ça.

— La vie nous comblait à l'époque, à mon mari et moi. Bien avant la naissance de la petite, nous voyagions beaucoup. Six mois en Inde, deux mois en Australie. Nous étions de parfaits globe-trotters avec notre tente canadienne deux places et nos gros sacs à dos. Nous traversions tous les pays à pied. Ah oui ! Quels périples inoubliables ! Tout nous souriait. Nous avions même prévu de mettre en route un deuxième bébé, de déménager, de faire construire. Puis, il y a eu le drame, l'accident de la circulation. J'ai perdu mon chéri, et j'ai failli mourir moi aussi. Tu veux en savoir plus ?

Tout à coup, il posa une main sur le haut de sa cuisse. Il était visiblement affecté par son discours. Il compatissait comme il pouvait.

Il n'avait plus envie de savoir si elle avait bien discuté avec Tom, si elle avait encore flirté avec lui, ou si elle trouvait Léo et Lilas sympathiques.

Raconter une partie de son enfance, il n'y avait plus songé. Sa journée du lendemain, très chargée, était, elle aussi bien gommée de son esprit.

Son récit l'avait chamboulé. Il en avait même oublié son programme de la semaine.

Heureusement, elle était sur pied, rétablie et ravissante.

Il s'était tourné vers elle afin d'examiner ses traits dans la clarté de la nuit.

Pleurait-elle ? Non.

Ses lèvres avaient dessiné un joli croissant de lune. Pas de larmes entre ses cils, longs et recourbés. Ce n'était pas encore la félicité, mais bientôt ça viendrait.

C'est tout ce qu'il espérait.

— Tu veux mettre un peu de musique ? avait-elle proposé d'une voix enjouée. Regarde dans la boîte à gants, tu trouveras ton bonheur. Il y en a pour tous les goûts : du disco, de la pop et des chansons françaises et étrangères.

Il avait choisi un Compact Disc au hasard, sans deviner qu'un des morceaux enverrait la jolie brune dans une autre époque, bien avant son mariage.

Ce jour-là, elle était en compagnie de son ami Fabien. Ils étaient dans une discothèque. Elle avait dansé toute la nuit. Lui était resté assis toute la soirée au bar à ruminer son chagrin devant un verre. Il avait une peine de cœur, car sa chienne était morte de vieillesse le matin même.

— Je ne pensais pas m'être attaché à ce point à *Vanity*, tu vois. J'éprouve un manque comme si j'avais perdu un membre de ma famille.

— Adopte un autre chien. Il te consolera.

Pour atténuer sa tristesse, et sous l'impulsion de cette superbe chanson du chanteur nommé Black et de sa chanson *Wonderful Life*, elle l'avait embrassé avec toute la tendresse en sa possession.

Il en avait souri.

Élio avait rythmé avec ses mains en tapant sur ses jambes, comme s'il jouait sur une batterie. Il avait mimé les sons des instruments qui s'échappaient des haut-parleurs et tenté d'imiter la voix du célèbre auteur-compositeur britannique.

L'ambiance était redevenue gaie. Sa main était restée sur le haut de la cuisse. Personne ne l'avait enlevée. C'était bon signe, elle lui faisait confiance.

Puis, doucement, il l'avait remontée vers son entrejambe. Deux doigts s'étaient ensuite glissés sous le short en coton qu'elle avait porté tout au long de la journée. Ils avaient même tenté de se frayer un nouveau chemin. Mais, cette fois-ci, elle avait réagi en repoussant la main aventureuse.

Revenu à la réalité, il avait tout à coup pensé à son lendemain et à Sandra. De son côté, la jeune femme s'était remémoré son câlin avec Tom.

Elle logeait dans la moitié d'une villa, dans un village de campagne. Le propriétaire l'avait aménagée en deux appartements différents. Les deux étaient occupés.

À peine garés devant chez elle, ils se sourirent. Puis, il se hasarda à un nouveau contact.

Il tendit le cou et entrouvrit les lèvres. Mais, au lieu de lui donner les siennes, elle les approcha de son oreille, et lui chuchota que Tom arrivait. S'ils s'embrassaient devant lui, il n'apprécierait pas, et elle ne le souhaitait pas.

— Je ne voudrais surtout pas le vexer, dit-elle, catégorique.

Ce qu'elle n'avoua pas, à ce moment-là, c'était qu'elle espérait revoir Tom, et peut-être même démarrer une relation avec lui. Mais, il prit mal sa remarque.

— La vérité, comme je te l'ai déjà dit, c'est qu'il s'en fout. On peut faire ce qu'on veut, tu sais.

Malgré tout, elle lui tendit sa joue.

Il était temps qu'ils se séparent.

Tom les avait rejoints. Elle cherchait une petite idée qui conviendrait à tous pour mettre un terme à cette journée, lorsqu'Élio proposa qu'elle leur offre un café.

— En pleine nuit ?

— Il est trop tard, souffla Paskual.

— Oui. J'ai soif. J'aimerais savoir comment tu vis aussi. Hein Tom ?

Tom dormait debout, pourtant, il acquiesça d'une voix faible. Alors, elle les laissa entrer une minute dans son cocon.

— Il n'y a rien à voir chez moi, à part des tonnes de bouquins.

— Tu lis beaucoup ? se renseigna Élio.

Oui, c'était le cas. Depuis quelques années, elle s'était constitué une petite collection de romans et de bandes dessinées dont elle était très fière.

Chez elle, il y en avait pour tous les goûts, avec autant d'auteurs français qu'étrangers.

J'ai quelques grands crus, disait-elle souvent pour rire. Elle avait lu plusieurs titres de Léo Perutz, de Le Clézio, de Paul Auster, d'Antonio Tabucchi et de Nancy Huston. Le dernier qu'elle avait dévoré était *L'île d'Arturo* d'Elsa Morante.

Elle tenait énormément à ses livres, par contre elle les prêtait volontiers, à condition bien sûr qu'on les lui rende, ce qui n'était pas toujours le cas. Elle aurait aimé travailler en librairie et parler littérature toute la journée avec des lecteurs passionnés, mais elle n'avait jamais eu cette possibilité.

— Moi, je t'avoue que je n'ai pas trop le temps de lire entre mon travail, mes activités syndicales et le sport. Sauf des magazines quelquefois, admit Élio. Mais c'est certain, à ton contact, je vais avoir envie de m'y remettre.

Subitement, elle ressentit une fatigue pesante sur ses paupières.

Tom dormait toujours debout.

— Bien, je vous dis bonne nuit. À bientôt.

Élio sortit un agenda de la poche de son gilet, désireux qu'elle y inscrive ses coordonnées. Elle s'y plia de bon gré. Tom lui tendit à son tour, et sans prononcer un mot, un morceau de papier.

Elle était éreintée, à bout.

— Vous échangerez mon numéro après. Là, je voudrais dormir.

— On t'appellera, dirent-ils. À bientôt.

Peu après, elle était allongée dans son grand lit.

Depuis ces cinq années de solitude, la chaleur et la tendresse masculine lui manquaient, aussi son sommeil fut chargé en rêves érotiques, cette nuit-là et les suivantes.

Dès qu'elle fermait les yeux, Hypnos était là, en costume blanc ouvert sur son torse nu. Il s'agenouillait à ses pieds, approchait son visage du sien, caressait ses seins et l'enlaçait.

Puis ils faisaient l'amour.

Le grand lit froid devenait, grâce à lui, un lit nuptial.

Se coucher, avaler ses narcotiques, dormir, ces rituels qu'elle accomplissait depuis toutes ces années comme une punition, étaient dorénavant une source de douceur et de volupté. Les monstres noirs qui lui envoyaient en flash-back toutes les images de sa vie, et surtout du déroulement de l'accident de moto, avaient disparu. Même, et cela paraissait vraiment étrange à ses yeux, Paskual se taisait.

Avait-il pris des vacances lui aussi, au bord d'une rivière tellement herbeuse et chantante qu'il s'était allongé et assoupi, serein face aux ténèbres ?

MARIE ET FABIEN

Peu de temps après cette fameuse journée, elle démarcha plusieurs employeurs et répondit à de multiples annonces.
Presque sans revenus depuis son récent contrat dans une agence de voyages, elle devait souvent se ruer sur tous les postes vacants de ce secteur d'activité.

Reconnue après l'accident comme handicapée à cause de ses nombreuses blessures sur les épaules, les bras, les mains, les pieds et à la fracture ouverte de son fémur droit, elle était maintenant guérie, et la prise en charge versée par l'État s'était affaiblie.

Le soir, elle relatait ses activités à Rose et lui dessinait plein de petits cœurs de toutes les couleurs.

— Maman chérie, tu m'écriras des jolies lettres pendant mes vacances ? Tu me rajouteras des petits dessins ? avait supplié l'enfant.

Le temps s'étirait mollement sous une chaleur infernale, un four à 200 degrés entrebâillé toute la journée. L'air n'était pas respirable, sauf la nuit ou le matin, et encore.

Elle languissait depuis une heure dans une chaise longue, avec un livre à la main, lorsque la sonnette retentit.

Elle courut, imaginant Tom derrière l'entrée.

Elle ouvrit la porte sur Marie, qui fut surprise de la contrariété qui se dessina sur son visage.

Marie, qui avait le même âge qu'elle, était une amie. Née en Corse, de père diplomate, elle s'était mariée très jeune avec un Espagnol. Dix ans plus tard, elle regrettait son mariage précoce qui l'avait privée de liberté.

— Je t'ai appelée deux ou trois fois dimanche, il n'y avait personne.

— J'ai fait du canoë le matin et j'ai passé le reste de la journée avec les gens que j'ai croisés là-bas. Il y avait trois gars et une nana. La fille était en couple avec l'un d'eux. Super sympa ce groupe. Ils étaient un peu plus jeunes que moi, mais ils m'ont adoptée rapidement, comme si j'étais une copine de longue date. Ils m'ont emmenée à Cadaqués dans la famille à Lilas. J'ai apprécié.

Tout en riant, elle lui détailla sa journée hors du commun. Comme souvent, elle ne parvenait pas à transmettre toutes ses impressions, des mots lui manquaient. Marie, assez inattentive, ne partageait pas toute son allégresse. Elle en fut chagrinée. À la fin du récit, Marie se leva, marcha vers un miroir, contempla son image, lissa sa robe et dévoila d'un air triste qu'il ne lui arrivait jamais rien à elle.

Son quotidien était tellement banal, tellement insignifiant.

— Tu es mariée. Rappelle-toi ! s'agaça Mina. Tu as de la chance. Je me languis tant de Pascal. Je ne serais pas seule depuis cinq ans s'il vivait toujours, et puis Rose aurait encore son papa.

— Tu ressasses en permanence ton passé, riposta Marie. Tu te tortures. Arrête de broyer tout le temps du noir ! Tu idéalises la vie de couple, alors que tu le sais bien, on y perd beaucoup d'indépendance. Ce n'est pas tout le temps le top. Observe tous ces couples qui aimeraient se séparer, ou pire encore divorcer. Ils sont malheureux, mais restent quand même ensemble, et font croire à tous que tout va bien.

— Regarde aussi ceux qui ne se séparent pas et qui sont heureux. Il y en a tout autant.

Mina, encore toute joyeuse, n'était pas réceptive à la tension verbale qui montait entre elles deux.

Elle eut toutefois envie de prolonger un peu cette discussion animée. Avec elle, c'était fréquent. Elle possédait un très fort tempérament, comme une Corse pure souche, se plaisait-elle à penser régulièrement.

— D'ailleurs, de quelle sorte de liberté veux-tu parler ? D'autonomie ou de la possibilité de fréquenter d'autres hommes ?

Pas de réponse.

Elle n'insista pas. Marie était très déconcertante en ce moment.

Rousse aux cheveux longs, un très beau visage, quelques taches de rousseur sur le nez, c'était une jolie femme en quête de preuves de séduction. Aussi, elle choisit de changer de sujet.

— J'ai trouvé des annonces intéressantes dans le journal, des agences de voyages qui recherchent des agents d'accueil.

— J'espère que tout ça sera productif un jour, répondit-elle, de nouveau agréable. Tes copains, ils doivent te rappeler bientôt ?

Elle ignorait la suite des événements. Elle était dans le flou le plus total. Pourtant, ils avaient tous manifesté leur désir de la revoir.

Seul son visage s'exprima pour elle, des traits empreints de doute, mais pas de désolation.

Son objectif était de ne plus rien lui dévoiler, à ce moment-là, sur ses nouvelles connaissances.

Transmettre ses impressions et intuitions concernant cette fameuse journée aurait pu rendre Marie heureuse, toutefois il semblait que ce ne soit pas le cas et qu'elle était même plutôt envieuse.

Alors prudence ! À une autre époque, et si son temps sur cette terre n'était pas trop bref, elle décrirait cette aventure. Ce serait fantaisiste et réussi.

Bien sûr, elle évoquerait ses curieuses relations avec Paskual et Hypnos, sans oublier celle avec Tom.

Avec cette romance, elle deviendrait célèbre. Elle connaîtrait la notoriété et la popularité, et jamais plus elle ne priverait sa fille d'un jouet ou de la possibilité de s'amuser. Après la peinture, l'écriture. Pourquoi ne pas se lancer ! Quand on est une artiste, on aime pratiquer tous les arts, elle se disait souvent.

Elles se séparèrent un peu froidement, ce qui la peina malgré la béatitude qui l'enveloppait depuis sa rencontre avec les deux garçons. Pourtant, elle ne s'alarma pas, en plus de dix ans d'amitié, elles avaient déjà connu de nombreux différends sur des sujets où leurs opinions étaient tranchées.

Déterminée à repousser la mélancolie et à ne pas tomber dans la folie, elle se contraignit à faire mille petites choses jusqu'à la nuit tombante, jusqu'à tomber elle-même.

Un soir, Fabien, qui était devenu, avec le temps, une véritable fréquentation de la famille, frappa à sa porte, et à peine entré lui tendit une place de cinéma. Il s'agissait d'un nouveau film à l'affiche.

Elle ignorait s'il était bien, toutefois accepter sa proposition serait un grand pas en avant dans sa récente résistance à la morosité.

Habituellement jovial et disert, il avait depuis sa séparation d'avec sa copine perdu confiance en lui. Il lui ouvrit la portière de sa voiture.

Vêtu d'une jolie chemise bleue, la bouteille de parfum *Paco Rabanne* à moitié renversée sur lui, il semblait remis de sa peine.

Il était très bel homme, néanmoins elle n'avait jamais imaginé entrer dans une quelconque relation amoureuse avec lui depuis leur rencontre dans un pub anglais, peu de temps avant qu'il ait pleuré sa chienne toute la nuit.

Il était en congé pour la semaine.

— Tu prévois de partir une semaine en vacances cette année ? Tu vas te balader un peu ? Moi je ferais bien un tour du monde si j'en avais les moyens. Je commencerais par le Portugal. Et toi ?

Non, ça ne lui disait rien de voyager tout seul. Par contre, il allait souvent à la mer, il dansait dans des clubs de salsa, il voyait des amis, bref, il brisait sa solitude. Il considérait qu'après tout la vie de célibataire pouvait être distrayante, même si pour cela, il fallait sortir beaucoup.

Le film était divertissant et captivant. Avec très peu de dialogues et beaucoup d'humour, le metteur en scène avait réussi à rendre son action pétillante. À la fin de la séance, les spectateurs avaient vivement applaudi et la jeune mère encore plus que les autres.

— C'est quoi la moralité de cette histoire, d'après toi ?

— S'il y a une morale, c'est peut-être qu'il ne faut pas se fier aux apparences, répondit-il.

— Oui, c'est vrai, je n'aurais jamais imaginé que la comtesse était en réalité la domestique de la famille qui se déguisait.

— C'était une vraie comédie sentimentale, comme autrefois les farces à l'italienne. Tu ne trouves pas ?

— Si. J'ai bien aimé le jeu des acteurs, même si quelquefois c'était très peu crédible.

— C'était fait exprès pour nous faire rire. Tu veux boire un verre ?

Ils s'installèrent à la terrasse d'un café à côté du cinéma et commandèrent chacun un cappuccino.

Ils parlèrent de leurs films préférés et s'aperçurent qu'ils avaient les mêmes goûts.

Puis, ils s'interrompirent.

Tout à coup, il posa des questions pour le moins insolites pour un homme tel que lui. Il désirait savoir comment il était physiquement.

— Je ne suis pas trop moche ?

Il était complexé le Fabien ? Il se sous-estimait. Quelle idée absurde !

— Ben non ! Tu es très mignon, je te l'assure. Tu peux draguer toutes les femmes que tu veux. Crois-moi !

— Pourquoi toutes mes copines me quittent-elles alors ? C'est la deuxième fille qui me laisse tomber. Je ne comprends pas. Je m'occupais même de sa fille. Je l'adorais cette petite.

— On rigolait, et maintenant on va pleurer, tout ça en une seconde. J'ai du mal à te suivre là.

— Le cinéma, c'est une chose, et la réalité c'en est une autre.

Il était très touchant, toutefois il manquait de confiance en lui, c'était évident. Il se voyait à travers le prisme déformant de ses échecs amoureux comme si son physique pouvait avoir un lien de cause à effet. Elle en était interloquée.

Peut-être était-ce d'autres raisons qui avaient provoqué ses revers sentimentaux. Peut-être était-ce tout simplement dû à un état d'esprit, des actions, des mauvaises habitudes à modifier chez lui, ou encore il était malchanceux. C'était un bon ami, et elle ne lui connaissait aucun défaut majeur ou rédhibitoire. Sans doute n'était-il pas assez optimiste. Mais, de là à penser qu'il était ennuyeux, il y avait un gouffre.

Elle eut le désir de le réconforter. Elle posa sa main sur la sienne et la caressa. Puis, prise de pudeur, elle l'ôta. Était-elle en capacité d'apaiser ses blessures, de calmer ses peurs, en un mot de guérir ses croyances limitantes ?

Durant le trajet du retour, elle eut envie de lui parler de la balade en canoë, du couple rencontré, de la soirée surprise en Catalogne, de la petite virée à Cadaqués, et enfin des deux amis, l'électronicien syndiqué et le graphiste dessinateur.

Deux jeunes hommes vraiment opposés, mais qui semblaient se compléter avec harmonie.

— À présent, j'ai envie de sortir, de m'amuser, de croiser du monde. J'ai perdu tant de belles années à rester enfermée chez moi. Comment ai-je pu aimer cet isolement ?

— Oui, c'est exact, je suis d'accord avec toi. Tu as bien changé. Tu es rayonnante maintenant. Tu es sûrement sur la bonne voie parce que je peux te l'avouer, je pense, je te trouve souvent bizarre.

— Moi, bizarre ? Certainement. Dans certains cas, je ne contrôle pas ma sensibilité.

— C'est ça, mais je trouve aussi que tu as une double personnalité.

— « Je est un autre », tu le sais bien. Rimbaud l'a formulé dans une lettre à Paul Demeny.

— Il traitait de la création artistique, parce que le poète ne maîtrise pas ce qui s'exprime en lui. Je l'ai lu quelque part, mais ça n'a rien à voir avec toi.

— Quelle culture littéraire ! Je ne pensais pas ça de toi. Mais arrête de raconter des bêtises de ce style sur moi, sinon on n'ira plus jamais ensemble au cinéma. Est-ce que je peux te parler de ma journée de dimanche ?

— Oui bien sûr, ça m'intéresse beaucoup. Je veux tout savoir, lui dit-il en clignant de l'œil dans sa direction.

Elle lui dévoila alors en détail tous les petits et grands plaisirs vécus au cours de ses différentes balades, et termina son récit en lui révélant son flirt dans l'eau avec Tom.

Peut-être cela lui donnerait-il des idées ?

Or, il n'eut aucune réaction.

Ils partagèrent encore un moment ensemble et finirent par se séparer en se promettant de se téléphoner bientôt.

Elle aurait pu envisager une nuit d'amour avec lui, posséder cet homme, pourtant à la place, qui entendit-elle ? Paskual.

Elle qui commençait à l'effacer de sa mémoire, il apparut ce soir-là avant même que ses yeux ne soient complètement fermés

— Fabien ne doit pas savoir que je suis là, avec toi. Jamais. Il n'est pas sensible aux esprits.

— Il a tout de même constaté que j'ai souvent le regard qui change et que je suis étrange. Il me l'a dit cet après-midi. Tu devrais partir. Tu vas être démasqué par ton meilleur ami.

— Tu te souviens, avec Fabien, on s'entendait bien. J'aime vous savoir ensemble tous les deux.

— Ah ! De lui, tu n'es pas jaloux ?

— Je suis jaloux et envieux de tous les hommes qui t'approchent, mais Fabien, il n'est pas comme les deux autres rigolos que tu as rencontrés l'autre jour. Lui, c'est un ami.

— Ne traite pas mes nouveaux copains comme ça, s'il te plaît, sinon je ne te répondrai plus jamais. Laisse-moi dormir maintenant. Repose en paix.

INTERMÈDE EXISTENTIEL

La semaine suivante fut calme.

Seul un léger flux lumineux ondoyait sous ses paupières lorsqu'elle fermait les yeux.

Paskual se relaxait.

Par contre, un halo inhabituel apparaissait toutes les nuits dans son cerveau.

De ce halo sortait une silhouette.

Était-ce Hypnos ? Ou Tom ? Ou l'esprit de l'un dans le corps de l'autre ? Dans son imagination, ils se confondaient. Ni blond ni brun, ils n'étaient qu'un.

Mina et son apollon étaient entourés d'eau. Ils se souriaient et se serraient l'un contre l'autre pour ne pas couler. Ils devaient rester collés, attachés. S'ils se désolidarisaient, ils sombraient. Ainsi, grâce à cette aventure, ils appréhendaient ce qu'était l'interdépendance. Si tu survis, je survis aussi. Si tu te noies, je me noie aussi. Nous sommes égaux face au danger et seule la fraternité peut nous sauver.

L'être, à ses côtés, n'avait pas compris toutes les subtilités de la situation.

— Je dois faire cavalier seul. J'ai ma propre vie, un travail, des amis. Je ne peux pas m'embarrasser de toi, une femme isolée avec un enfant.

— Je ne suis pas un poids, tu sais, je suis juste une femme. Je ne veux pas être engloutie, s'il te plaît, reste uni à moi. Regarde tous nos voisins, ils se sont séparés, ils se sont tués.

— Je suis jeune. Je ne peux pas entretenir trois bouches.

— Un jour, c'est toi qui me nourris et le lendemain c'est moi. C'est ça, être ensemble.

— Je suis un garçon doux et gentil, mais je ne peux pas accepter. Je dois te laisser, car mes pas sont comptés et je dois avancer. Si je ne fonctionne pas tout seul dans ce chaos, je connaîtrai l'adversité. Et la chute sera longue et dure.

— Il n'y a que les créatures comme nous pour s'exprimer ainsi. Mais, c'est l'inverse. Si tu réussis de manière égoïste, tu devras écraser chaque personne que tu croiseras sur ton chemin. Tu auras l'illusion que tu avances plus vite. Pourtant, ce ne sera qu'une chimère, car tu marcheras au-dessus d'un abîme peuplé d'êtres humains qui te tendent désespérément leurs mains.

— Je les écraserai peu à peu, et en douceur pour que ça ne soit pas trop douloureux, mais d'abord, je les exploiterai. Et s'il n'y a rien à en tirer, je les laisserai crever. C'est la seule condition pour s'en sortir. Être individualiste et avare.

— Et ta conscience, que te dit-elle ? Comment peux-tu ne penser qu'à toi ?

— J'ai sacrifié ma conscience, et maintenant, je suis comme beaucoup d'humains autour de moi, inconscient.

— Lâche-moi dans ce cas-là. Tu verras ce qui se passera.

Et il s'exécuta. Il oublia l'interdépendance et il négligea l'eau qui les entourait.

Et il arriva ce qui devait arriver.

Ils furent avalés par les profondeurs. Dans leur longue chute vers les abysses, les flots se mirent à tournoyer et à former un large entonnoir.

Tout le groupe autour d'eux fut enseveli. Ce fut comme une onde de choc qui propageait la mort.

Mina se réveilla.

Elle suffoquait.

— Non, ne me laisse pas ! criait-elle, alors que le soleil perçait à travers les persiennes.

MINA SE LIBÈRE ENFIN

Un après-midi, tout en tournant la clé dans la serrure de son appartement, la sonnerie du téléphone retentit avec insistance. Elle se précipita pour décrocher et entendit la voix d'Élio qui voulait savoir si elle était libre et si elle pouvait passer chez sa copine assez rapidement, car il n'avait pas de voiture. Bien sûr, sans hésiter une seconde, elle consentit à faire fonction de chauffeur-taxi pour lui faire plaisir. Il lui précisa le trajet et raccrocha en déclarant qu'il l'attendrait à dix-neuf heures.

Avec un très léger retard, elle se gara dans une impasse, devant une résidence entourée d'un petit jardin laissé aux ronces et aux herbes grimpantes. Il vint tout de suite vers elle. Ses cheveux d'habitude en bataille étaient brossés. Il était vêtu d'un pantalon en toile gris et d'un tee-shirt vert. Son look était travaillé pour plaire, par contre son humeur était exécrable. Depuis la fin de la matinée, il était chez son ex-copine Sandra. Il lui avait assuré qu'il souhaitait repartir d'un bon pied avec elle. Il voulait reprendre leur vie commune. Pendant plus d'une heure, ils avaient discuté assez calmement, puis le ton était monté lorsqu'elle lui avait dévoilé qu'elle ne l'aimait plus, et que pour rien au monde, elle ne poursuivrait sa liaison avec lui.

Vexé par ces propos et très en colère contre elle, il avait alors exigé qu'elle lui rende la voiture qu'ils avaient achetée tous les deux. Bien entendu, il s'attendait à une réponse négative. L'auto était à elle et il n'avait pas à protester.

— Rembourse-moi ma part, si tu veux la garder, et redonne-moi tout ce que tu as conservé, avait-il tonné.

— J'ai toujours payé le loyer. Nous sommes à égalité. Je ne te dois rien.

Cette réplique l'avait mis hors de lui. Comment pouvait-elle faire preuve de tant de mauvaise foi ? Comment pouvait-elle mentir à ce point ?

— Mina, qu'est-ce que tu en penses ?

— Ça ne me regarde pas. Je ne veux pas m'en mêler.

— Viens ! Suis-moi à l'intérieur ! Je vais chercher mon sac.

— Non. Je t'attends dehors.

— Ne crains rien, elle est sympa. Elle ne va pas te mordre.

À contrecœur, elle entra dans l'entrée de l'appartement dans lequel il avait habité avec Sandra durant quatre ans. Tout était tranquille. L'endroit paraissait vide, mais elle entendit un bruit qui provenait de la pièce d'à côté.

Une jeune fille apparut. Les traits rigides, elle semblait un peu nerveuse. Bien qu'elle soit à peine maquillée, elle était très jolie. Une véritable poupée. Vêtue d'une jupe longue, de chaussures plates et d'un tee-shirt ras-du-cou, elle avait un style très décontracté qui ne correspondait pas du tout à la nature mesquine que son ex-conjoint lui prêtait. Elle lui tendit une main molle et un regard oblique en s'efforçant de sourire lorsqu'il la présenta.

Cinq minutes plus tard, ils firent leurs adieux et montèrent dans la voiture.

Elle était soulagée.

Elle ne se sentait guère très à l'aise dans ce climat lourd et conflictuel.

— Sandra et toi, vous ne comptez pas vous remettre un jour ensemble ? se renseigna-t-elle, avec une envie certaine de le chatouiller.

— Non, répondit-il d'un ton ferme, je l'aime encore, mais c'est terminé entre nous. C'est une râleuse, une boudeuse, une capricieuse et une têtue de folie.

Il était visiblement froissé par la question.

— Je ne suis pas le meilleur homme du monde, pourtant je ne triche pas, moi. J'ai fait beaucoup pour elle pendant des années.

— Elle ne semble pas trop s'en souvenir, ou du moins, elle ne veut pas s'en souvenir.

— Je suis arrivé au bon moment dans sa vie. Elle n'avait pas d'emploi et pas un rond. Je l'ai beaucoup aidée au début. Et à présent, je suis sans voiture et sans logement.

— Tu es chez Léo et Lilas, non ?

— Tu te rends compte que je suis obligé, à mon âge, de cohabiter avec un collègue de boulot et sa femme ? Maintenant, je vais tenter de l'oublier. Elle m'aura vraiment marqué cette fille.

Tout à coup, il changea de sujet. Il évoqua leur soirée.

— Demain, c'est dimanche, je ne travaille pas. Si on sortait pour se changer les idées ?

— Oui, si tu veux. On peut peut-être aller danser. Je connais un bar musical près d'ici.

Ils arrivèrent un peu plus tard devant le cabaret et se garèrent. Dehors, la lune s'était rassasiée de lumière. Ils l'observèrent un instant puis se firent face. Il prit sa main dans la sienne et la serra.

Il approcha son visage et l'embrassa d'un baiser furtif, sans lâcher ses doigts.

La soirée avait déjà débuté.

Une jeune fille, debout sur une moto, chantait, trop fort, la chanson de Brigitte Bardot : « Je n'ai besoin de personne en Harley-Davidson. »

Elle mimait l'actrice, ce qui la rendait à la fois risible et sensuelle.

Il s'appuya sur une banquette et, très souriant, commença à discuter avec un couple assis à sa droite, tandis qu'elle prenait place de l'autre côté. Il se pencha pour lui montrer une femme à l'allure excentrique, mais elle ne comprit pas le message, les haut-parleurs étaient derrière eux.

Ils restèrent ainsi deux heures à dévisager les danseurs, à chanter et à rythmer la musique avec leurs pieds.

Subitement, il l'embrassa à la base du cou et lui fit une suggestion.

Il avait mieux à lui proposer.

Est-ce qu'elle serait d'accord de passer la nuit avec lui dans un endroit assez lointain, un site qu'il connaissait très bien ?

Dans une grange aménagée en gîte d'étape qui appartenait à un copain d'enfance ?

— Où se trouve cette grange, réagit-elle ? Pas trop loin j'espère, sinon je ne viens pas.

— Si je me souviens bien, à environ mille deux cent soixante-dix kilomètres d'ici.

— Tu veux qu'on fasse mille deux cent soixante-dix kilomètres maintenant ? En pleine nuit noire ?

— Je plaisante. Ha, ha. C'est beaucoup plus près que ça. C'est seulement à cinq cent dix kilomètres d'ici.

Ce projet lui sembla un peu fou, néanmoins l'idée l'enthousiasma.

Le temps de prendre quelques vêtements et un peu de nourriture chez elle, et les voilà partis pour un nouvel épisode autant inattendu qu'inédit.

Bien plus tard dans la nuit, ils arrivèrent à proximité du vieux bâtiment, qui avait servi autrefois, lui expliqua-t-il rapidement, à stocker des céréales.

Ils étaient en pleine campagne, à délirer depuis plusieurs kilomètres.

Rien n'éclairait la route qui devenait de plus en plus étroite et sinueuse.

Élio, qui la connaissait parfaitement, guidait son amie. Elle n'était pas très rassurée, pourtant elle le dissimula à son voisin qui semblait sûr de lui.

Ils s'engouffrèrent dans un chemin cabossé, avec plusieurs détours. Les phares illuminaient à peine quelques mètres d'herbe devant eux. Cette piste n'en finissait pas, déplora-t-elle intérieurement.

Il dit subitement qu'ils étaient rendus et qu'elle pouvait arrêter le moteur. Elle éteignit tout.

Il sortit de la voiture. Elle le suivit de près et avança à tâtons et en aveugle dans la verdure humide, mouillant ses jolis escarpins à talons hauts achetés pour la soirée.

Sous l'emprise de la nuit sans étoiles, d'une obscurité et d'une épaisseur d'encre, elle prit peur.

Elle soupçonnait son compagnon de galère de l'avoir entraînée dans une contrée reculée dont elle ne pourrait plus jamais repartir. Elle trottinait vers une bâtisse noire, imposante et terrifiante de mystère, lorsqu'elle finit par l'implorer de lui donner une lampe de poche.

— Il y en a peut-être une là-bas. J'y vais.

Très proche, la forme prit l'apparence d'un hangar totalement délabré. Une vraie ruine.

Il poussa la lourde porte dans un grand fracas de frottements et de grincements, et des odeurs de renfermé en profitèrent pour s'échapper.

— Viens, entre ! Il ne fait pas chaud dehors, dit-il en saisissant son bras.

Dans la première pièce, un lit trônait dans un recoin. C'est à ce moment précis qu'elle se rendit compte de ce qu'elle faisait. De part et d'autre de la banquette clic-clac, il y avait un antique poêle à mazout, un évier détérioré et de grosses malles laissées à l'abandon depuis plusieurs années.

Partout, les toiles d'araignée envahissaient les murs dans leurs moindres interstices.

Elle s'installa dans un angle du lit, en évitant de frôler de ses doigts les draps crasseux.

À ce moment seulement, elle réalisa qu'elle était partie en pleine nuit, dans un endroit lointain et isolé, dans une campagne caverneuse, avec un jeune et sombre inconnu et qu'ils allaient sûrement faire l'amour.

Il rangeait et sortait de la literie propre et une couverture, tandis qu'elle comptait le nombre de pots sur les étagères et les toiles d'araignées sans dire mot.

Tout à coup, redevenu curieux, il chuchota :

— Tu fais un peu de sport de temps en temps ? Tu randonnes, tu cours ?

— Oui, de temps en temps quand mon agenda me le permet.

— Eh bien, tu es déjà super belle comme fille, mais tu devrais te remuscler un peu, ça te ferait du bien. Je peux t'aider et te donner des conseils si tu veux être coachée.

— Ah ! Ben, j'ai un corps de trente ans, pas de dix-huit, je ne peux plus rien faire contre ça.

— Ne te vexe pas, ce n'est pas méchant.

— Je ne peux pas agir contre le temps.

— Si, tu peux faire des abdos-fessiers, du vélo ou de la natation, ce serait déjà un premier pas. Avec ce qu'il t'est arrivé, et pendant les mois à l'hôpital, tes muscles, ils ont un peu fondu, mais rien de grave, franchement.

— Si je ne te plais pas, pourquoi m'as-tu proposé de venir ici avec toi ?

— N'en parlons plus. Ne t'en fais pas, tu es déjà bien fichue, tu as beaucoup de charme et j'adore ton style.

Les draps étaient changés. Il s'assit à côté d'elle et, sans aucun entracte, frôla d'un doigt attentif son visage. Sa main descendit le long de son cou et s'arrêta un instant sur la salière gauche, puis sur la salière droite.

Elle adorait être caressée à cet endroit du corps. La main du jeune homme, partie à la conquête de ce corps imparfait, poursuivit son exploration, mais elle fut bloquée par le chemisier.

Rapidement, il le déboutonna.

Elle ne souriait pas. Elle était passive et épuisée.

Il bisa ses seins l'un après l'autre avec toute la délicatesse dont il était capable, tandis que ses doigts faisaient des doux va-et-vient sur son ventre.

— Je suis crevée, là. Je n'ai pas trop envie après toute cette route.

— Alors, pourquoi tu m'as accompagné ?

— Oui, ajouta Paskual, pourquoi tu es avec lui ? Tu ne peux pas dire non à un mec ? Tu n'as aucune personnalité, je vois.

— Je n'ai pas réfléchi, je suis partie avec lui, c'est tout.

— Tu me fais de l'effet, tu sais, tu me plais. Tous les deux, c'est sûrement le début d'une belle histoire. Laisse-toi aller, ce sera cool, il rajouta.

— Il y a une caravane à côté ? Elle est peut-être plus confortable.

Sans tenir compte et sans répondre à sa question et à ses remarques et objections, il recommença à caresser ses bras tout d'abord, puis à descendre le long de son dos.

Il était si mignon avec ses yeux bleus et le petit duvet qui poussait au-dessus de ses lèvres.

Elle eut tout à coup envie de débrancher toutes les sombres pensées qui l'encombraient, l'anxiété, la culpabilité, le doute, et d'oublier son quotidien et ses soucis. En un mot, elle voulait, au moins pour ce moment, apprendre à dire oui à ce plaisir.

Tandis qu'elle se plaquait à lui dans un geste de profonde tendresse, et que leurs corps, dans un élan identique, commençaient à roucouler et à vibrer, toute sa spontanéité refit surface. Descendue sur son ventre, et son nombril sur lequel elle s'attarda quelques minutes, les réminiscences du désir charnel vécu autrefois avec Pascal la firent trembler.

Lui, très excité par ce déploiement de douceur imprévu, la renversa afin de pouvoir la posséder.

Faire l'amour est l'un des meilleurs moments de la vie, pensa-t-elle. Comment avait-elle pu s'en passer pendant tant d'années ?

Comment pouvait-elle, à l'instant, ranimer en elle le désir de ce moment de partage ?

Leur peau ne faisait plus qu'un, ils habitaient ce partage.

Ils ne pensaient plus à rien. Ils se goûtaient.

Plus tard, ils discutèrent quelques minutes, cependant le sommeil finit par les envahir, surtout lui. Il s'endormit d'un repos profond et assez bruyant, tandis que sa nouvelle amante resta éveillée. Le matin, au réveil, il la prit une fois de plus, gauchement, sans conviction.

Y avait-il un problème ? Était-il déçu par elle ? Était-ce cela l'amour ? Elle ne savait pas.

Elle devait se réadapter à la société et à ses mœurs, à ses habitudes.

Dans son souvenir, ce n'était pas ça. C'était des heures de tendresse, de sexe, des culbutes à n'en plus finir, des orgasmes et des rires de satisfaction, une osmose des esprits et des corps.

Elle avait deviné la présence de Paskual, témoin passif, mais réel durant ses ébats avec Élio. Elle avait aussi entendu le reproche ferme et tonitruant qu'il lui avait adressé.

— Tu fais l'amour avec cet homme qui ne t'apprécie pas à ta juste valeur. Je suis très déçue de toi. J'ai envie de vomir.

Pourquoi n'était-elle pas la seule à évaluer son comportement ? Elle n'avait jamais eu besoin des conseils d'un messager, d'un père ou de l'âme de son ex-mari pour cela. Ni avant ni maintenant.

Toutefois, elle savait que cette nuit entre eux serait un électrochoc pour son fantôme et, peut-être avait-elle fait un peu exprès. Quoi de mieux que de le provoquer pour qu'il parte enfin !

Paskual lui rappelait souvent lors de leurs discussions à quel point faire l'amour lui manquait.

— Tu te souviens quand on s'est allongés tous les deux sur la petite plage près de Porto-Vecchio en Corse. On a regardé longtemps les étoiles. On leur a inventé des noms, pour rire. Tu me disais que dans ta prochaine toile, il y aurait la mer et une lune pleine qui emplirait le ciel. Il y aurait aussi des émanations d'iode et de varech. Un véritable deal pour toi, partager les odeurs avec ton public. Il faisait très frais. Pour te réchauffer, je me suis allongé sur toi et, lentement, doucement, j'ai fondu en toi. J'entendais tes soupirs et le ressac au loin. Ah ! Comme c'était bon !

Oui, faire l'amour avec Pascal était bien ancré dans sa mémoire à elle aussi.

Or, devait-elle se priver pour autant de tenter d'autres aventures ?

Réussis ou non, elle aurait dorénavant des rapports sexuels, que cela plaise ou non à Paskual.

Sans jeter un œil sur elle, Élio se leva, enfila son pantalon et sortit.

La porte entrebâillée laissait distinguer le ciel, brumeux ce jour-là.

Elle quitta à son tour le lit, les jambes lourdes de sa longue nuit d'insomnie et repéra un modeste miroir fendu et poussiéreux accroché à une corde branlante. Elle analysait chacun de ses traits fripés pour les lisser, lorsqu'elle s'aperçut qu'il la surveillait, assis à une petite table de camping en plastique.

Elle le rejoignit.

Il l'attendait pour le petit-déjeuner.

Une fois la dernière tartine déglutie, elle le dévisagea.

Elle vit presque de tout dans son visage et dans son attitude, sauf de l'affection ou de la sympathie pour elle. Elle en fut profondément gênée, et dès cet instant-là, n'eut plus qu'une très forte envie, c'était de décamper.

Elle se prêta néanmoins encore une fois à l'une de ses volontés et l'accompagna à la visite des environs prévue la veille.

La végétation, par endroits, était exubérante. La grange, immense, était au fond d'une large prairie éclairée par le soleil. Des châtaigniers et des hêtres gigantesques, des reliefs plus ou moins élevés et une rivière composaient le reste du tableau.

Ils grimpèrent sur une colline.

Il lui expliqua que tous les terrains autour d'eux appartenaient au maire du village qui était un élu hyper cool.

Son ami était en bons termes avec le magistrat. C'était pour cette raison que tout était ouvert à tous, familles, copains, et aussi gens de passage et bêtes qui voulaient se réfugier au chaud l'hiver.

Il lui faisait de grands gestes pour lui montrer l'étendue du territoire, tout en la dirigeant à travers les champs en pente raide.

Ils poursuivirent leur ascension.

Que c'est agréable de respirer la nature ! se disait-elle, en contemplant le paysage grandiose qui s'offrait à ses yeux.

Arrivés au sommet, ils se posèrent dans de l'herbe fraîche et trempée par la rosée du matin.

Il soupira et s'allongea.

Ils restèrent ainsi un long moment à s'extasier sur toutes les beautés que la terre leur proposait. Brusquement, il se rassit et confia qu'il était tellement bien qu'il ne pensait plus à rien. Sa tête était vide et son stress était retombé. Il baissa les yeux sur la main de Mina posée sur l'herbe.

Il la prit dans la sienne et l'examina.

À voix haute, il murmura qu'elle avait de jolis doigts longs et fins. Puis il la lâcha, détourna le regard, et lui fit signe de le suivre. Revenus en bas, ils épluchèrent des carottes, des pommes de terre et autres légumes, pourtant l'ambiance n'y était pas. Il était réservé, inexpressif, distant et intimidant. Elle était peu loquace et souriante.

Elle se décida enfin à rompre ce silence pesant.

— À quelle heure on doit partir ?

— Tu n'es pas bien ? Je comprends. Tu sais, c'est inhabituel pour moi d'être là avec une fille. Je suis venu si souvent ici avec Sandra. Tout me la rappelle, chaque recoin, chaque colline, chaque arbre, chaque brin d'herbe. C'est vraiment difficile de ne pas penser à elle dans ces conditions.

— Je croyais que tu avais fait le vide dans ta tête et que tu te sentais bien. Essaie d'être un peu positif, ça changera ton état d'esprit. Je suis là, moi.

— Tu as raison, mais pour l'instant, je ne peux pas.

Assise dans l'herbe en position de demi-lotus, elle observa l'espace environnant avec indifférence. Que faire ?

Elle ne parvenait pas à prendre une seule décision.

Quelle posture devait-elle adopter ? S'affirmer et annoncer haut et fort qu'elle s'ennuyait, ou bien se taire et attendre ? Elle s'éternisait dans son coin lorsqu'il lui fit un signe. Ils allaient déjeuner.

Ils grignotèrent en feignant de s'ignorer et comprirent tous les deux que prolonger cette journée ne pourrait sans doute qu'empirer leur histoire.

Ils rangèrent, prirent leurs sacs et s'en allèrent. Ils roulaient quand soudain, il sauta sur son siège passager comme si un nid de guêpes avait piqué son fessier.

— J'ai complètement raté le rendez-vous. Je dois absolument téléphoner à Lilas et Léo, s'écria-t-il. Ils nous attendaient pour déjeuner à midi. Je ne m'en suis pas du tout souvenu.

— Lilas comptait sur nous pour le repas et je ne n'étais même pas avertie. Tu aurais pu m'en parler et me demander mon avis. En plus, on a déjà mangé.

— J'ai pensé que tu serais d'accord. Léo va être déçu que j'aie loupé son invit. Lilas a dû cuisiner exprès pour nous. Après le déjeuner, on devait aller voir un match et vous abandonner, les deux filles.

— Je vais te déposer et rentrer chez moi. Je vous laisse entre vous.

— C'est trop tard. Je lui avais dit que tu serais avec moi.

Elle se sentit une fois de plus piégée, mais comme elle n'avait pas envie d'être seule, alors elle acquiesça.

Ne pas s'opposer à lui était le meilleur moyen de l'adoucir, aussi elle s'enfonça dans ses pensées.

Souvent, et à ce moment-là plus nettement que d'habitude, il lui revenait en tête ces quelques vers d'un célèbre sonnet de Louise Labé.

Versification qu'elle avait malaxée comme de la pâte à modeler.

Tout en conduisant, elle se récita : « Oublier que la vie m'est trop molle et trop dure, qu'on vit, qu'on meurt, qu'on se brûle et qu'on se noie, et lorsqu'on pense ne plus avoir de douleur, on nous rappelle ce qu'est le malheur. »

Lui, il poursuivait son monologue. Il s'en voulait d'avoir loupé le rendez-vous de midi. L'amitié entre Léo, Lilas et lui était tellement sacrée.

Ils l'hébergeaient, lui laissaient du temps pour retrouver un logement, tout ça pour un loyer ridicule, et il les négligeait.

— Tu as perdu la mémoire sur ce coup-là. Ha, ha !

— Ce n'est pas trop risible.

— Je te chambre gentiment, ne t'énerve pas.

— Ce n'est pas trop le moment, vois-tu ? Et toi, ça ne t'arrive jamais de manquer un rendez-vous, ou de faire une bêtise ?

— Quand je fais une erreur, j'essaie de ne pas la renouveler une deuxième fois.

— Comme moi. Dis-moi ? Tu as des amis ?

Elle écoutait sa question lorsque son estomac se serra. Une violente douleur abdominale la submergea et la couvrit de sueur glacée.

— Je ne me sens pas bien, se plaignit-elle.

Elle médita. Avait-il dit quelque chose qui l'avait blessée ? Ou bien était-ce une attaque supplémentaire de Paskual ? Sa souffrance, très forte, ne s'estompait pas. Elle se blottit sur son siège afin de respirer le moins fort possible. Était-ce les derniers événements qui avaient déclenché ce malaise chez elle ?

Elle n'avait pas la réponse.

Elle se détendit un peu. Néanmoins, les maux de ventre, tenaces, la tenaillèrent encore quelque temps.

Il la scrutait à la dérobée. Elle le voyait dans son visage inquiet.

— J'ai froid, dit-elle.

— Il ne fait pas froid. On est en plein été. Tu dois être malade. Tu as peut-être pris froid cette nuit quand on est allés à la grange.

Quand ils se garèrent devant l'appartement de Léo et Lilas, elle allait mieux, bien qu'elle ne pût pas se tenir droite en s'extirpant de son auto.

Léo les attendait, un masque moqueur fixé sur son visage. Tom n'était pas avec lui.

Elle en fut déçappointée.

Sa présence l'aurait tellement réconfortée.

Élio sortit du coffre ses affaires et une petite table ronde trouvée à une brocante, qu'il avait promise à Léo pour meubler son salon.

Il les posa par terre, derrière la voiture.

Pour ne pas faire patienter plus longtemps ses amis, il laissa le tout sur le trottoir, traversa la rue et alla les rejoindre en courant.

Léo, les deux poings sur les hanches, annonça avec une pointe d'amusement dans la voix :

— Lilas et moi, on vous a attendus pour le déjeuner et il est quinze heures trente. En fait, ça ne m'étonne pas du tout de toi, à moins que ce ne soit Mina qui t'ait ébloui toute la matinée.

La jeune femme, qui s'était approchée, bredouilla des excuses. Elle ne savait pas pour l'invitation, sinon ils seraient arrivés à l'heure.

— Ne t'inquiète pas Mina, on s'en remettra. On a l'habitude avec lui.

Puis, Léo redevint sérieux et les invita tous deux à entrer.

Lilas leur avança des sièges.

Vexé par les remontrances, Élio resta debout près d'une fenêtre et prit une attitude renfrognée.

Subitement, et alors que l'ambiance était à nouveau décontractée, il jeta un cri de stupéfaction. Il ne savait pas où étaient passés ses sacs et la table. Il ne les apercevait plus derrière la voiture.

Tout le monde se précipita pour voir. Tout s'était en effet volatilisé.

Élio descendit les marches sur la rampe. Léo le suivit.

Lilas et Mina restèrent dans la cuisine, à trinquer, tout en recueillant des bribes de mots échangés entre les deux collègues.

— On va remonter par ici, disait l'un.

— Plutôt par-là, disait l'autre.

Bientôt, elles ne les virent plus, ni l'un ni l'autre. Elles s'assirent, assez soucieuses, autour de la table, spéculant sur l'importance du vol et des agressions dans notre société.

Peu de temps après, elles entendirent la voix des deux hommes.

Elles semblaient placides.

Les femmes se consultèrent, avec espoir.

Ils grimpèrent les marches, les sacs et la table dans les mains et les déposèrent dans le salon.

— Ce sont des gamins à côté. Ils les ont pris en croyant que c'était à jeter. Je n'avais pas du tout fait attention. Je les avais laissés au pied d'une benne à ordures.

— Vous avez de la chance de les avoir retrouvés, affirma Lilas.

— J'ai failli les frapper, les deux gosses, répondit le syndiqué survolté.

— C'était moins une, précisa Léo, mais tu en as quand même attrapé un par le tee-shirt. Il avait les yeux qui lui sortaient de la tête tellement il a eu peur. Heureusement que tu lui as laissé une chance de s'expliquer.

— Tu as toujours eu l'art de l'exagération.

— Moi, je n'ai pas eu cette veine lorsqu'on m'a piqué mon vélo tout terrain. Il faudra que tu fasses attention aux vêtements dans la boutique, poursuivit Léo, en s'adressant à sa copine.

Elle acquiesça d'un signe de tête.

De son côté, Élio avait les yeux en forme de points d'interrogation.

— C'est quoi cette histoire de magasin ?

— Lilas a trouvé un boulot de vendeuse dans un commerce de prêt-à-porter féminin.

— Félicitations. Il est où ce magasin ?

— Sur la côte, répondit Lilas, en faisant un clin d'œil à son compagnon.

— Et toi Mina ? Que fais-tu de beau dans la vie ? enquêta Léo.

— Je suis sans travail pour l'instant.

— Tu cherches dans quel domaine ?

— J'ai un entretien d'embauche dans trois jours, dans une agence de voyages. Sinon, je suis, enfin avant, j'étais professeur de dessin pour des enfants dans une association culturelle. Je vendais aussi des tableaux à l'huile, des pastels et des aquarelles. J'ai fait les Beaux-Arts.

— Ah ! C'est cool. Je le savais déjà, mais je ne pensais pas que c'était ta profession.

— C'est un bien grand mot. On va dire qu'avant, j'étais une artiste peintre qui tentait de devenir professionnelle et qui cherchait à s'ancrer dans le paysage artistique de ma tendance stylistique.

— Elle est très talentueuse d'après ce que j'ai cru comprendre, intervint Élio.

— J'espère que tu trouveras rapidement l'emploi que tu recherches, commenta Lilas.

Troublée et un peu agacée par la tournure prise par les échanges, elle se leva et annonça qu'il était temps qu'elle retourne chez elle, car elle désirait téléphoner à sa fille qui rentrait bientôt de chez ses grands-parents.

— Tu as une fille ? Quel âge a-t-elle ? voulut savoir la compagne à Léo.

— Elle a cinq ans et demi.

— Alors, comme ça, tu as une gamine, répéta Lilas.

Après qu'elle eut salué tout le monde, son copain la raccompagna à sa voiture et déposa vite fait un baiser sur le bout de ses lèvres.

Le duo, accoudé au balcon, était au spectacle. Ils interpellèrent leur ami :

— Tu restes avec nous ce soir ?

Narquois, Élio répondit qu'il ne fallait pas qu'ils s'inquiètent, car il aimait bien sa nouvelle copine, mais il n'avait pas l'intention de se remettre trop vite en couple.

Sa remarque, cavalière, provoqua le rire de toute la bande, sauf celui de la jeune femme.

Feignant une certaine indifférence, elle bondit dans sa voiture et déclencha le moteur.

Elle ne reverrait probablement plus ni Élio ni Tom, et ni Lilas et Léo. Ils avaient pourtant bien discuté et bien sympathisé, mais avaient-ils tissé un lien solide ?

Elle en doutait. Malgré le hasard qui les avait mis sur la même route, chacun supprimerait facilement l'autre de sa mémoire, elle en était convaincue.

LA VOLATILITÉ DES SENTIMENTS

La semaine qui suivit, elle voulut se consacrer entièrement au rangement et au ménage de son appartement, sans oublier bien sûr de faire les courses. Elle révisait aussi, sans lassitude, les répliques potentielles aux questions que le recruteur pourrait lui poser le jour de son entretien. Elle devait être sûre d'elle, sinon elle passerait à côté de ce poste, et elle le convoitait plus que tout autre.

Elle serait si fière d'annoncer à sa fille et à ses parents qu'elle avait enfin un véritable travail, et un vrai contrat.

La nuit, Paskual et Tom cohabitaient dans sa tête. Si elle supportait à peine les commentaires incessants de l'un, elle revivait aussi en songerie son étreinte avec l'autre. Depuis leur première rencontre, ils ne s'étaient jamais revus.

Pourtant, elle adorerait admirer encore une fois sa plastique parfaite, le serrer dans ses bras, le sentir, le pétrir. S'attendrir durant des heures.

S'était-elle entichée de lui ?

Le jour J, elle se rendit à son rendez-vous et patienta pendant un long moment dans une salle d'attente anonyme. Elle fut enfin accueillie par un monsieur chauve au ventre bombé et aux jambes courtes. Installé dans un confortable fauteuil en cuir, il sonda ses compétences, ses aptitudes, ses qualités et ses défauts. Il lui expliqua aussi le profil de la personnalité recherchée. Elle devrait renseigner les clients de l'organisme sur des tours du monde et leur établir des réservations.

Elle lui assura qu'elle maîtrisait ce métier et qu'elle avait déjà eu un poste similaire dans une agence concurrente. Certes, ce n'était qu'un contrat de deux mois, toutefois elle avait beaucoup appris en peu de temps. Bien sûr, elle avait acquis un certain savoir-faire et possédait de nombreuses qualités.

Surtout, elle était travailleuse et disponible.

Je suis l'employée idéale pour cette place, jugea-t-elle, tandis que le recruteur, assis derrière son imposant bureau, abordait un aspect crucial de leur entretien : le salaire.

Eh bien ! Elle n'est pas fameuse la rémunération, deux fois mon loyer, calcula-t-elle. Mais, avait-elle le choix ?

Elle lui répondit que ça lui convenait tout à fait, et ceci en découvrant ses belles dents blanches.

— Ma secrétaire vous contactera d'ici deux semaines, le temps de recevoir et sélectionner les autres candidats.

Ce fut son unique précision. Toujours la même ritournelle. Dans un mois, ils n'auront pas rappelé, prévit-elle.

Elle quitta le bureau avec l'envie de sangloter, comme après chaque entretien de motivation. Elle avait encore raté ses réponses. Elle avait été nulle comme d'habitude.

Heureusement, Rose rentre dans quelques jours. Je ne la laisserai plus jamais partir si longtemps.

Elle se remémora par la suite la discussion avec le directeur de l'agence.

Elle ne s'est pas si mal déroulée, se souvint-elle, malgré des doutes qui l'assaillaient sans cesse.

Un soir, elle passa prendre Marie à la sortie de son travail. Elles allèrent dîner dans une petite pizzeria. Son amie semblait très agitée.

Elles échangèrent des points de vue sur les sujets du moment, puis leur conversation dériva comme souvent sur l'amour, les sentiments et le mariage.

— Je pense que nous les femmes, nous pouvons être sensibles à plusieurs hommes en même temps, et vice-versa, déclara Marie. Ce doit être dans notre tempérament. Pourquoi devrions-nous n'être attirées que par une seule personne à la fois, hein ?

— Oui, c'est vrai. En plus, on peut aussi avoir envie de tenter des expériences avec d'autres femmes, ou à plusieurs, entre hommes et femmes.

— Je ne savais pas que tu avais ce penchant pour les femmes.

— Je ne l'ai pas. C'est juste une éventualité pour discuter. Tu apprécies deux hommes à la fois, toi ?

— Oui, enfin, je ne sais pas. Je ne suis plus sûre d'avoir encore de l'amour pour Pedro. On parle de séparation. Ce sera mieux pour nous deux, je suppose, même si j'imagine qu'il doit souffrir de cette situation… Mais je…

Elle baissa les yeux et contempla ses jolis ongles vernis avec soin.

— Et puis je crois que je suis éprise d'un gars. Tu le connais, d'ailleurs. Damien, le grand brun à la voiture de sport. Tu t'en souviens ?

Mina se concentra et se rappela cette soirée chez des amis où elles avaient rencontré ce fameux Damien. Il était tout nouveau dans la région. Ingénieur de formation, il avait décroché un emploi dans une entreprise. Il était très sympa.

— Ça fait longtemps que tu le vois ?

— Deux mois, maintenant. Il veut s'installer avec moi.

— Quel âge a-t-il ?

— Vingt-huit ans. Il est un peu plus jeune que moi, mais ce n'est pas gênant.

— Ça me paraît un brin précipité. Tu ne crois pas. J'espère que tu ne vas pas quitter Pedro.

— Je ne suis pas pressée de me remarier, mais dis-toi bien que Pedro ne correspond plus à ce que j'attends d'un homme, et que nous finirons tôt ou tard pas nous séparer.

Les conseils dans ces cas-là ne servent à rien. Alors elle se fit silencieuse.

Mina était très affectée par ce discours, car elle appréciait Pedro.

Tout comme elle était dans le temps très proche de l'ex-copine à Fabien.

Marie réfléchissait.

En un instant, elle devint toute guillerette.

— Ce qui me séduit le plus chez Damien, c'est son esprit brillant. Il est très cultivé. Tu sais que j'ai déjà été attirée par ce type d'hommes, et plus d'une fois.

— Oui, seulement c'est hard pour Pedro. Il est au courant pour ta liaison avec Damien ?

— Non, mais je vais le lui annoncer demain.

LE RETOUR
DE ROSE

Le lendemain, elle attendait Rose. Ses parents avaient appelé pour lui dire qu'ils seraient très en retard. Ils avaient prétexté une circulation très dense. Une heure plus tard, ils étaient enfin arrivés.

La mère et sa fille se sautèrent dans les bras. Elles pleurèrent de bonheur et s'étreignirent comme si elles étaient séparées depuis des mois.

— Comme tu as grandi ! Comme tu es jolie !

Elle avait aussi grossi. Elle découvrait tous les ans que ses parents la gâtaient en glaces, bonbons et autres gâteaux. Elle devait la mettre au régime après chaque séjour chez eux.

La soirée fut très gaie, chacun étant joyeux de se retrouver. Rose, blondinette aux yeux verts, riait tout le temps. Elle expliqua un long moment à sa mère, de sa petite voix enfantine, tout ce qu'elle avait fait chez ses grands-parents.

— Je me suis bien amusée avec papi. On a joué à la marelle. C'est tout le temps moi qui gagnais. Je suis plus forte que lui.

Puis, épuisée elle alla se coucher.

La jeune femme se retrouva en tête-à-tête avec sa mère et son beau-père. Les conversations avec eux finissaient souvent en altercation. Leurs avis divergeaient sur beaucoup de points. Ainsi, elle décida de ne pas évoquer son dernier entretien.

La mamie parla de l'enfant, répétant pour un nombre de fois incalculable qu'elle était très sage, mais un peu capricieuse.

— Quel dommage qu'elle n'ait plus son père ! L'autorité d'un homme, c'est important, et on voit qu'elle en manque.

— Mais si, je suis là. Je veille toujours sur ma petite poupée, répondit en sourdine Paskual.

À chaque visite, la mamie reproduisait le même discours. Aussi, Mina écoutait cette conversation d'une oreille très distraite. Elle était habituée aux recommandations concernant l'éducation, la santé, l'habillement et la scolarité de sa fille. La grand-mère supposait que la mère négligeait un peu toutes ces choses si sérieuses.

Mina écouta patiemment ses critiques toute la soirée et fut soulagée lorsqu'ils avertirent qu'ils allaient reprendre la route avant la nuit.

S'occuper de sa fille et s'occuper de sa fille. La dorloter et la dorloter. Personne d'autre n'existait que la petite. Le matin dans le bain, à table le midi, à l'heure de la lecture, à l'heure du jeu, à l'heure du dîner, à l'heure du coucher.

Combien de fois Mina avait-elle répondu à ses nombreuses questions concernant ses bobos sur ses bras et ses jambes ?

Combien de fois avait-elle menti concernant l'absence de son papa ?

Combien de fois avait-elle dit la vérité ?

Combien de fois avait-elle tourné la tête pour dissimuler ses pleurs aux yeux de l'enfant ?

Rose n'avait pas connu son père. Elle n'avait que six mois lorsque l'accident était intervenu. C'était un bébé qui tenait à peine assis et qui babillait de bonheur. Ainsi, sa disparition ne l'avait pas trop choquée.

C'était plutôt le manque d'un inconnu envolé trop tôt, et au ciel qui la traumatisait.

Chaque heure, la petite suppliait Dieu pour qu'il revienne.

Et chaque heure, elle priait pour rien, ou du moins le croyait-elle.

Tous les soirs au coucher, Mina bordait l'enfant dans son lit. Elle lui lisait des contes. Puis ses petits yeux de grand bébé se fermaient.

Certaines soirées, la petite lui disait :

— Papa est parti très très loin de nous, au milieu des étoiles qui brillent là-haut. Hein maman ?

— Non, chérie, il est très près, au contraire. Il sait exactement tout ce que nous faisons, et il me dit sans cesse qu'il t'aime. Tu peux me croire, il est là, à côté de nous. Il nous observe.

Ainsi, les jours et les nuits se déroulaient sans incident. Rose était une fillette équilibrée, polie et douce, ce qui était essentiel aux yeux de sa mère.

Tous les jours depuis son entretien, Mina courait, dès qu'elle l'entendait, vers la camionnette du facteur. Elle attendait le courrier avec angoisse et ouvrait sa boîte aux lettres la poitrine oppressée. Et puis rien. Il n'y avait jamais rien.

Un après-midi, elle jouait tranquillement avec Rose lorsque le téléphone retentit.

Elle se précipita. À l'autre bout du fil, il y avait Élio. Il lui raconta une histoire abracadabrante.

Lilas s'était disputée avec Léo. La tension était montée entre eux. Ils avaient décidé de se séparer pendant quelques jours. Elle voulait aller dans sa famille. Comme lui n'avait pas de voiture, et que Tom avait disparu, il voulait savoir si elle était libre pour véhiculer Lilas.

— Elle doit se rendre chez ses parents.

— Je ne peux pas, Rose est rentrée.

Modifiant l'intonation de sa voix, il la supplia.

— Tu peux venir avec elle.

Elle, ça l'importunait vraiment, car elle s'était fixé comme règle de ne présenter sa fille à aucun garçon, sauf à ses amis. Cette règle ne s'appliquait pas à Fabien, qui connaissait Rose depuis sa naissance. Il l'avait vue grandir et évoluer.

— Je vais demander à ma voisine si elle veut bien la garder maintenant.

— Tu es vraiment sympa, dit-il satisfait. Lilas sera contente de te revoir.

Il lui expliqua l'itinéraire à suivre et le lieu du point de rendez-vous, et ils raccrochèrent.

Sa voisine, une gracieuse mamie aux cheveux blancs soyeux et au teint rosé, était toujours prête à lui rendre service.

Elle s'occupait volontiers de Rose, pourtant la jeune femme ne souhaitait pas abuser d'elle.

Elle la sollicitait tout de même assez souvent et la vieille dame acceptait invariablement.

— Vous savez que vous pouvez me confier la petite quand vous le souhaitez. Elle est tellement mignonne. Je l'adore comme ma petite fille.

Tout en parlant, elle couvait la fillette de son regard bleu très éveillé pour une personne de son âge. Elle n'avait pas de petits enfants et en était très affectée.

Elle avait donc reporté toute sa tendresse sur l'enfant de sa voisine.

Rose lui vouait la même vénération et appelait Joséphine mamie.

D'AVENTURES EN AVENTURES

Dans sa voiture, Mina jubilait. Elle allait revoir Lilas, donc, peut-être croiserait-elle Tom.

Quand elle approcha du lieu du rendez-vous, un bar près de l'appartement de Léo, elle aperçut d'abord le visage doux de la toute jeune fille, puis, à ses côtés celui d'Élio.

Tiens ! Il vient avec nous, pensa-t-elle.

— Tu es très jolie avec ta petite jupe courte, dit-il, en appuyant sur chaque syllabe, lorsqu'elle fut arrivée à leur hauteur. On va boire un verre ?

Dans le café, ils commandèrent trois bières. Mina ne savait pas comment aborder le sujet avec Lilas. Peut-être, avec un peu de tact, parviendrait-elle à la faire changer d'avis, pensa-t-elle.

Pour elle, le couple pouvait être préservé.

Ils semblaient si heureux ensemble.

— Tu veux seulement t'éloigner quelques jours ou c'est définitif ?

— Je m'en vais quelques jours seulement. Une semaine ou deux, tout au plus. Avec Léo, c'est chaud en ce moment, alors c'est mieux que je mette les voiles. Tu ne le connais pas. Il peut être colérique parfois. Il me prend souvent la tête pour tout et pour rien, juste parce que monsieur est fatigué et énervé par sa journée.

— Tu n'arrêtes pas de lui faire des réflexions toi aussi, intervint Élio. Quelquefois, tu pourrais calmer le jeu.

— On ne se supporte plus. Le soir, on est tous les deux crevés par le boulot et le moindre clash suffit pour que ça parte en vrille. Ça m'épuise.

— Essaie de prendre du recul, objecta Mina.

— Parce que je suis une femme et que je suis jeune, il veut tout décider à ma place et ça, je ne l'accepte pas. J'ai une personnalité moi aussi et mes propres goûts. C'est Ok pour me ramener chez mes parents, s'il te plaît ?

— Élio vient avec nous ?

— Oui. J'ai besoin de sa présence, si tu veux bien. Il avait envie de nous accompagner, et aussi de te voir Mina.

Besoin de soutien du colocataire de son conjoint ? Quelle idée surprenante ! À aucun moment, elle n'avait imaginé qu'un tel lien puisse exister entre eux deux. Mais soit ! C'était ainsi.

Dans sa voiture, elle espéra inciter la jeune fille à changer d'avis.

— On va passer devant chez toi, comme ça tu as le temps de réfléchir.

Devant l'appartement, elle commença par ralentir, puis stoppa son véhicule quelques minutes en faisant signe à Lilas de descendre. Or, il n'y eut aucune réaction de sa part.

Durant le trajet, tout le monde était taciturne. Quant à Mina, elle prenait des résolutions tout en admirant les marbrures orange déposées par le soleil dans les nuages de la fin de cette journée.

Rose dormait cette nuit chez Joséphine, la voisine. Tout se déroulait à merveille. Il faudrait qu'elle la remercie, qu'elle lui offre un cadeau, un bouquet de fleurs, un livre, un souvenir.

Peu importe, se disait-elle. C'est ça. Demain, j'irai acheter une petite composition. Puis j'irai aussi chez le coiffeur. Les cheveux coupés dans le cou mettent en valeur mon visage ovale et, si j'ai le temps, je ferai un peu de shopping. J'ai besoin de vêtements pour cet automne, et Rose aussi.

Élio ronflait. Lilas, sur la banquette arrière, était tant pelotonnée sur elle-même qu'elle avait disparu.

Elle, elle conduisait. Vers qui ? Vers des inconnus, et peut-être vers Tom, gloussa-t-elle secrètement.

Après qu'elle eut roulé dans le silence une bonne heure, ils arrivèrent chez les parents à Lilas.

La voiture pénétra dans une vaste cour dallée. Un imposant utilitaire en occupait le milieu.

Une caravane sur cales ou ce que l'on avait baptisé autrefois une caravane, était isolée dans un recoin envahi de ronces et de mauvaises herbes.

Des jardinières fleuries aux mille senteurs, des peupliers immenses et d'autres espèces enchevêtrées en envahissaient un autre.

La jeune fille les pria de s'avancer, tout en appelant sa mère, et c'est à ce moment-là que Mina découvrit l'intérieur de la maison.

Immédiatement, elle eut le même ressenti de la pièce dans laquelle elle était entrée que du jardin. Des lieux jadis décorés avec goût, et là, figés dans un chaos poussiéreux, mais contrôlé.

Sylvia arriva, enlaça sa fille, salua les invités et remercia Mina pour sa gentillesse.

— C'est très sympa de l'avoir conduite ici. J'étais très inquiète pour elle depuis quelques jours.

— Maman, ne dramatise pas.

Puis la mère disparut derrière un buffet de sa cuisine américaine.

Elle sortait des victuailles de sachets en plastique, les rangeait dans les placards et parlait par la même occasion.

Mina écoutait la conversation en la contemplant. Ses cheveux bruns tombaient sur ses épaules. Son visage était démaquillé. Elle portait une robe droite qui mettait peu en valeur sa taille fine et des chaussures souples usées sur les côtés.

Laissant sa mère dresser la table, Lilas entraîna ses alliés dans une visite guidée de la maison.

D'abord sa chambre où l'ours en peluche posé sur le lit s'était avachi, puis dans le couloir et dans le salon. Mina repéra plusieurs toiles d'artistes peintes à l'huile ou à l'acrylique accrochées au mur du salon.

Elle les examina une par une. Elle affectionnait ce style ni figuratif ni abstrait, assez chargé et très coloré. Ces toiles étaient originales avec leurs formes insolites où le regard pouvait se perdre et l'imaginaire se satisfaire. Mina y décela des personnages et des animaux qui couraient dans un décor de pyramides bleutées et de voie lactée. Ils fuyaient le stress et la négativité. Lilas s'empressa de souligner que c'était sa mère qui les avait composées, qu'elle était autodidacte, mais très ingénieuse.

— Depuis un an, elle a arrêté de peindre, dit-elle, en s'adressant à sa nouvelle copine. Elle n'a plus d'envies, plus d'idées et plus le temps.

— C'est dommage. J'aime beaucoup ce genre.

Pour Mina, c'était une autre histoire. Durant ses années de pratique des arts plastiques, elle avait été très inventive, et on disait d'elle dans les galeries qu'elle avait du talent et du style.

Son imagination était débordante, bien qu'elle soit certaine de ne pas avoir franchi les barrières de son subconscient. Elle était sûre de chérir ce métier plus que tout autre. Peut-être un jour, aurait-elle été reconnue, si elle avait persisté. Le marché de l'art est impénétrable, se rappela-t-elle toutefois. Par la suite, elle avait ébauché une relation avec Pascal.

Ils s'étaient vite mariés et avaient attendu leur premier enfant.

Puis, il y avait eu cet accident de la circulation où un transporteur avait coupé la route à la moto. Pascal avait voltigé. La semi-remorque l'avait réduit en miettes.

Tandis qu'elle, qui avait eu plus de chance, avait glissé sur la chaussée et le bas-côté sur plusieurs dizaines de mètres. Elle y avait laissé son blouson en cuir, son pantalon, ses chaussures et chaussettes, ses gants, et même le casque qui s'était décroché avec la violence du choc.

Elle était partie aux urgences dans le coma et ne s'était réveillée que plusieurs jours après avec différentes plaies et blessures graves.

Depuis, elle n'avait plus jamais tenu un pinceau dans sa main.

Et voilà qu'à la vue de quelques peintures bien tournées, elle sentait de nouvelles émotions rejoindre le creux de ses reins. Jamais elle n'aurait cru que la visite de cette maison et la vue de quelques tableaux distilleraient dans son esprit de tels spots lumineux.

Voilà que cette femme avait le même penchant artistique qu'elle, et elle devait bien se l'avouer, des souvenirs de son passé étaient remontés dans son cervelet. Peut-être pourraient-elles échanger, toutes les deux, leurs points de vue sur le sujet ?

Ils regagnèrent la cuisine et s'assirent autour de la table en pin tout élimé. Lilas voulut savoir où se trouvait son père.

— Il est allé toute la semaine à Paris pour son travail. Il a un emploi du temps très rempli en ce moment, avec beaucoup de déplacements et de réunions avec sa direction. Et moi, je suis toute seule ici pour charger mon matériel pour les marchés.

— Je suis là maintenant. Je t'aiderai si tu veux, promit Lilas et je viendrai avec toi quand je serai de repos le samedi.

Et c'est ainsi qu'elle apprit que cette femme de quarante-cinq ans environ commercialisait des habits sur les marchés de la région.

C'était un métier extrêmement éprouvant à cause des poids plus ou moins lourds à soulever et des différentes températures à supporter tout au long de l'année.

— J'aimerais bien faire autre chose. Mais quoi ? Je ne sais pas.

— Tu pourrais peut-être te remettre à peindre, et proposer des petits tableaux pas chers au lieu de vêtements. Ce serait moins lourd à porter, dit sa fille. Regarde Tom, c'est ce qu'il fait pour arrondir ses fins de mois. Il vend ses dessins aux puces. Il est content.

— Tu l'as bien dit ma chérie, c'est seulement un complément pour lui.

Dès qu'elle crut entendre le prénom de Tom, Mina tendit plus que jamais l'oreille.

Sylvia s'assit avec quatre jus de fruits et des bières dans les mains.

Elle prit de nouveau la parole. D'une voix à peine audible au début et plus forte par la suite, elle leur raconta les incertitudes et les débats intérieurs qui l'assaillaient.

Tout en s'adressant plus particulièrement à sa fille, elle dit qu'elle avait peut-être raison et que de vendre ses petites productions serait sans doute une bonne idée à expérimenter.

— Ça apporterait un peu de renouveau dans ma vie. C'est important de faire ce que l'on aime. Ça rend joyeux, et si l'on est heureux et ouvert, on attire l'attention et on vend mieux. On enchante. On captive les gens autour de nous. Quand on ne va pas bien, on n'arrive pas à le cacher et on ne nous aperçoit pas. On est transparent. Il n'y a rien à faire. L'expression du visage, c'est comme une vitrine.

Elle but une petite gorgée de bière. Elle était perdue dans son raisonnement.

Tout en fixant Mina, elle la sollicita :

— Que pensez-vous de tout ça, vous qui êtes encore toute jeune ?

— Depuis que mon mari est décédé, je n'ai pas souvent souri et je n'ai jamais essayé de charmer quiconque. J'ai pourtant envie d'être entourée et aimée, comme tout le monde. Je plais quelquefois, mais je suis fréquemment déçue. Autour de moi, tant de gens sont faux et superficiels, conclut-elle en soupirant et en guettant une potentielle réaction d'Élio.

— En amour, reprit la mère, on convoite tous plus ou moins notre alter ego, comme on dit. Bien souvent, ce n'est pas un autre nous-même, c'est juste un autre. Un autre totalement différent de nous. Il faut alors communiquer, dérouler sans cesse nos besoins et nos désirs pour dire ce que l'on veut partager ou vivre. Nous les femmes, sourit-elle, nous sommes toujours insatisfaites, nous recherchons la perfection. D'ailleurs, tu vois, avec ton père Lilas, c'est loin d'être parfait, mais c'est l'homme de ma vie, et je m'en accommode.

Son récit était attendrissant. Ils recueillaient son témoignage sans l'interrompre.

Tout le monde semblait ébahi, surtout sa fille.

— Ma mère a fait des études de psycho à la fac.

— Ne te moque pas de moi, s'il te plaît.

Le téléphone sonna dans la pièce d'à côté. Sylvia se leva et décrocha.

Au bout d'une minute, elle appela :

— C'est pour toi Lilas. C'est Tom.

La jeune fille se leva. De loin, ils crurent comprendre que Tom avait un souci.

À la vue de sa tête, ils comprirent de suite qu'ils ne s'étaient pas trompés.

Tom avait eu un accident de la route. Ce n'était pas grave. C'était juste un accrochage. Il n'était pas blessé, par contre sa voiture était totalement foutue.

Il était sous le choc, mais heureusement des témoins l'avaient aidé.

Pouvait-elle venir le chercher ?

— J'arrive avec ma mère. Ne t'inquiète pas. On part dans cinq minutes, le temps de dire au revoir à nos invités.

Sylvia débarrassa la table, aidée de sa fille. Mina se mit à son tour debout.

— Je vais rentrer chez moi. J'espère que pour Tom, tout ira bien. Tu lui parleras de moi, Lilas ?

— Je peux venir avec toi, Mina ? Tu veux bien me raccompagner chez Léo, s'il te plaît ? réclama l'électronicien.

Mina se leva et prit son sac.

Sans attendre sa réponse, il s'approcha d'elle, effleura ses joues de deux baisers appuyés et la remercia de bien vouloir le ramener chez lui.

— Merci, c'est très cool. Comme ça, on pourra discuter tous les deux. Lilas, tu veux bien dire à Tom que je ne peux pas venir maintenant parce que j'ai des choses à faire, mais que je l'appelle sans faute demain ? OK ?

Ils firent leurs adieux. Tout à ses idées noires, elle commença à rouler en direction de chez Léo, avec son passager à ses côtés. Elle était abattue.

Non seulement Tom avait des ennuis, mais en plus, elle ne le verrait pas.

Si Élio n'avait pas été avec elle, elle aurait suivi Sylvia pour apercevoir Tom juste quelques minutes, et pour cet unique plaisir. Elle aurait fait demi-tour, et aurait plaqué son auto derrière un groupe d'arbres à un croisement de rues, dans l'attente du véhicule de Sylvia. Elle aurait attendu quelques minutes, et aurait démarré très doucement afin de ne pas attirer les regards. Elle serait restée ainsi à bonne distance, sans les perdre de vue.

Paskual l'aurait grondée.

— Tu n'es pas sérieuse. Tu ne peux pas les pister comme si tu étais une détective privée. Voyons ! Tu risques de te faire remarquer. Quelle honte si elles te repèrent !

— Je fais ce que je veux. Laisse-moi faire mes erreurs toute seule, s'il te plaît. J'ai trop envie de voir Tom.

Malgré ces remarques et attaques, elle aurait suivi l'automobile et, dans un croisement, elle aurait eu un doute entre la gauche et la droite. Elle aurait alors eu envie de faire demi-tour, découragée.

Toutefois elle aurait pris à gauche, sans savoir. Puis elle aurait aperçu la voiture de Sylvia, au loin.

En restant éloignée, elle aurait ainsi parcouru plusieurs kilomètres, avec son cœur qui aurait cogné, cogné fort.

Paskual aurait encore hurlé :

— Tu es folle, tu es folle.

Le monospace de Sylvia aurait disparu après un triple virage, suivi d'un rond-point à plusieurs sorties. Il n'y aurait eu personne pour la renseigner dans ces routes de campagne. Elle aurait donc choisi une direction au hasard.

Puis, face à sa stupidité, elle aurait renoncé.

Elle aurait alors immobilisé son véhicule sur un côté, réfléchi encore un peu, et aurait fini par rebrousser chemin.

Le jeune homme, qui était silencieux depuis leur départ, prit subitement la parole :

— Tu es très, très, très gentille, mais tu en fais un peu trop. C'est surprenant.

Comme elle ne répondait pas, il insista :

— Pourquoi es-tu comme ça ? Tu es vraiment mystérieuse, tu sais. Je n'arrive pas à te cerner.

— J'ai des valeurs. Les amis sont importants pour moi et j'aime beaucoup Lilas et sa mère.

— Oui, par contre, souvent, tu n'exprimes rien, comme si tu n'avais pas d'idée et que tu ne pensais rien.

— Ce n'est pas parce que je ne dis rien, que je n'entends pas et que j'ignore ce qui se passe.

La voiture de Mina roulait à vive allure.

Elle avait hâte de s'allonger dans son grand lit, au chaud.

— J'essaie de faire tomber toutes les barrières que j'avais construites pendant des années. Mais je ne cours pas après les gens, si tu ne désires plus me voir, tu ne me verras plus. La porte est ouverte, tu peux partir.

— Ne le prends pas comme ça. Tu es susceptible, non ? J'apprécie tes qualités. Tu n'es pas une personne ordinaire, au contraire. J'en suis conscient.

— Après avoir supporté le pire, je voudrais connaître le meilleur, et pour ça, je suis prête à tous les sacrifices. J'ai failli mourir, vois-tu ?

Tout était dit. Alors ils se turent.

Peu après, elle le déposa devant chez lui.

Trente minutes plus tard, elle était dans son lit, sous le choc des paroles de l'homme qu'elle croyait être son ami, et qui en fait, en quelques minutes, n'était plus rien.

Elle ouvrit le tiroir de sa table de nuit. Il y avait trois boîtes pleines de soporifiques. Elle en compta trois, quatre, cinq, six comprimés. Elle ne devait pas abuser, elle le savait. Alors elle n'en avala que quatre, les uns après les autres. Dix minutes après, elle dormait. Elle plongea une fois de plus dans un rêve où l'attendait dans l'ombre le compagnon de ses nuits. Il était toujours présent et jamais il ne la décevait ni ne la blessait.

Cette nuit-là, sa tête, cachée en totalité par sa large capuche blanche, était recouverte de brindilles de paille luminescente.

Comme toujours, il était venu la chercher avec sa gondole.

— J'ai besoin de toi. Je me sens si seule parfois. Et si perdue. Comment savoir quel est le bon chemin dans cette vie si déroutante ?

— Tu veux que je suggère à mon frère jumeau de te recevoir ? Lui, il peut t'indiquer le chemin vers le bonheur éternel si tu le lui demandes.

— Avec qui suis-je ? J'ai un doute là.

— Une fois avec l'un, une fois avec l'autre. Nous sommes les deux côtés de la frontière.

— Tu me donnes la frousse quand tu dis ça.

— Tu aimes voyager entre les dimensions. Tu prends des risques.

— Je sais, Paskual m'a déjà prévenue.

— Tu es en vie, et pourtant la mort te guette. Tu absorbes trop de pilules. Tu as vraiment…

— Ce n'est pas vrai, le coupa-t-elle. Je n'ai pas de penchants suicidaires. Je désire juste échapper à la tyrannie de Paskual.

— Tu veux fuir tout le monde, les morts et les vivants.

Fuir tout le monde ! Elle ! Avec tous les efforts accomplis ces derniers temps ?

Non. Pour la première fois, elle estima que son ange faisait fausse route.

— Oui, peut-être. Les humains sont tellement violents. Leurs paroles, leurs manières d'agir, de se comporter. La puissance qu'ils s'octroient pour maltraiter et massacrer leurs semblables et les animaux me donne bien souvent envie de renoncer à cette vie sur terre.

— Les mammifères, dont l'homme fait partie, comptent beaucoup de prédateurs qui ont une volonté de domination forte sur les autres et sur la planète, c'est vrai. Notre époque est cruelle, or, vous avez tous et toutes la possibilité de la déserter lorsque vous le souhaitez. Et toi ? As-tu vraiment soif d'au-delà ?

— Non. Avant de franchir ce cap, je voudrais être sûre d'arriver au sommet de la spiritualité.

— C'est quoi la spiritualité pour toi ?

— Le salut de mon âme. Pour y parvenir, j'affronte chaque jour les humains et la société en étant aimable, altruiste et pacifique. Je respecte les gens, les tolère et leur pardonne. J'essaie d'éviter les conflits et de plaire à tout le monde, même aux esprits. J'ai fait un grand pas en avant ces derniers temps pour me libérer de toutes mes craintes et obsessions.

— Tu réussis peu à peu à vaincre ta psychose, mais le combat sera encore long.

— Je vais me remettre à peindre aussi. Je ressens de nouveau le besoin de transcender ma vie. J'ai envie d'être forte pour m'enraciner à un destin que j'aurai choisi. Dans ce destin, je coche la case du plaisir de vivre et si une créature m'écoute là-haut, j'apprécierais qu'elle exauce ce vœu. Tu vois, Hynos ? C'est mon existence entière que je remets en question. Mais à quoi tout cela me servira-t-il si aucun homme ne s'éprend de moi ?

— Tu trouveras cet amour que tu recherches. Les forces de l'univers t'entendent. Je peux aussi te dire que Tom est chez lui. Sa famille l'entoure et le soutient. Je sais que tu penses beaucoup à lui.

— Est-ce lui mon futur chéri ? Dois-je encore m'accrocher à cet espoir ?

— Ne l'oublie pas, l'existence te réserve des surprises. Souviens-toi que c'est toi qui décides de ton avenir. Tu es maître de ton destin.

— J'aimerais que ta lumière m'éclaire sur mon futur, toi le magicien qui ne craint rien, ni de la vie, ni de la mort. Tu veux bien ?

— Mon sort n'est pas plus enviable que celui des mortels. J'erre sur cette gondole, à l'infini, dans le royaume du sommeil. Le soleil ne se lève jamais ici. Toi, tu peux le regarder en face et te réchauffer avec lui. Apprécie la vie telle qu'elle vient à toi, et respire chaque moment comme si c'était le dernier. Vis !

PEINDRE ET REVIVRE

Le lendemain matin, dès le réveil, elle pensa aux tableaux de Sylvia.
Comme à chaque fois qu'elle voyait des toiles, elle avait envie de se remettre au travail. Cependant, elle s'inventait toujours des prétextes concrets ou fictifs pour ne pas se lancer : absence de temps, d'argent, et surtout le manque d'inspiration et de volonté.

Un soir, elle se décida tout de même à sortir sa boîte de peinture à l'huile et examina les tubes les uns après les autres. Ils n'étaient pas secs. Ses brosses étaient encore utilisables et elle avait deux ou trois toiles neuves bien rangées derrière le rideau de son dressing. Les conditions étaient réunies.

Elle s'installa avec son matériel, mais son pinceau était rebelle. Elle devait trancher, soit elle incarnait la réalité, soit elle voulait s'en éloigner au maximum.

Elle était coloriste. Le noir et le spleen en peinture ne la fascinaient pas. Pour elle, un tableau devait être expressif et imprévisible. S'il s'en dégageait une émotion, c'était encore mieux.

Une peinture pouvait représenter un instant de vie. Elle pouvait aussi être un message tout comme l'était un poème, une page d'écriture ou un rêve.

Elle ne déchiffrait pas correctement la genèse des œuvres contemporaines et ne comprenait pas l'engouement que l'on vouait à certains peintres, car beaucoup, selon elle, peignaient pour suivre la mode.

En observant certaines toiles, elle ne ressentait aucun trouble et son œil glissait dessus avec indifférence. Elle lisait néanmoins des livres et des revues d'art moderne et allait à des salons.

Dans toutes ces œuvres obscures, une parole s'était exprimée, paraissait-il. Cependant elle n'y était pas réceptive.

Elle idolâtrait par contre de nombreux artistes de l'époque impressionniste et expressionniste, avec leur représentation du monde et leurs tons éclatants qui pétrissaient ses sens comme de la pâte à cuire.

Elle avait appris que la sphère artistique était un milieu à part où les peintres professionnels ne se mélangeaient pas avec les autres et où la vanité était reine. C'était pour cette raison qu'elle n'exposait plus. Dorénavant, ce serait son passe-temps, pas plus.

Ses couleurs étaient prêtes. Son pinceau plongea dans du rouge vermillon. Elle traça plusieurs traits avec cette couleur, puis des aplats avec du jaune de cadmium, puis du bleu céruléen. Elle allait vite. Sous ses doigts agiles, le blanc du tableau disparaissait.

Son travail canalisait son esprit. Chaque touche lui apportait un instant d'allégresse, et le spectacle de l'œuvre qui se dessinait sous ses yeux était de l'ordre du mirage.

C'était un véritable moment de grâce, et malgré la coquetterie dans son œil droit, elle en avait acquis la certitude, la silhouette du personnage en contrebas de l'image ressemblait à Tom.

Sans trop y réfléchir, elle prit un linge propre dans un tiroir de sa cuisine. Un endroit de la toile lui déplaisait au plus haut point. Il était chargé en nuances qui se confondaient toutes les unes avec les autres. La lumière incandescente du début s'était éteinte. Un vrai caca d'oie.

À petits coups, elle ôta une grosse quantité de pâte avec son chiffon. C'était mieux, les couleurs transparentes étaient de nouveau perceptibles à ses yeux. Oh ! Où était donc Tom ?

Elle l'avait effacé lui aussi.

Ben voilà ! Elle avait fait une grosse bêtise et n'avait plus qu'à tout reprendre. Elle le savait pourtant qu'elle devait laisser sécher entre chaque couche. Le pinceau entre ses doigts, elle recommença à étaler du mauve et du jaune, avec l'espoir d'obtenir une efficacité similaire et un tracé identique. Mais en peinture à l'huile, les effets se suivent, mais ne se ressemblent pas. Aussi, elle renonça à cette idée.

Elle barbouillait depuis une heure lorsqu'on frappa à la porte d'entrée.

Elle ouvrit sur Fabien.

Ravie de le revoir, elle lui sauta au cou. Il s'avança et ôta son blouson.

— Que fais-tu avec cette blouse blanche ? Tu te remets à l'huile ?

Il écarquilla les yeux sur la charmante croûte, et une lueur d'admiration apparut dans sa voix quand il la complimenta.

— Tu es inspirée ce soir.

— Oui, c'est possible. J'en avais tellement envie. Je dois maintenant attendre avant de la reprendre, elle expliqua, en ôtant la peinture de ses mains avec du white-spirit.

— Que représente-t-elle ? souhaita-t-il savoir, car il avait l'intime conviction qu'une intention précise, ou du moins une idée fugace du sujet était couchée sur cette toile.

— Doit-elle absolument ressembler à quelque chose ? Tu peux l'interpréter à ta manière, comme tu veux.

— J'y vois des visages et une forme humaine. Mais tout est flou.

Il s'émerveilla encore quelques minutes.

— Je ne croyais pas qu'un jour, et surtout maintenant, tu t'y remettrais. Avant, tu tournais en rond chez toi, les yeux dans le vide. Bravo à toi.

Il changea subitement de sujet. C'était de Rose qu'il s'agissait. Il était soulagé qu'elle soit bien rentrée de chez ses grands-parents.

Il avait espoir de les amener bientôt en balade. Il avait expérimenté une randonnée, pas très loin dans l'arrière-pays. Le panorama était renversant.

— Un mercredi ou un dimanche, est-ce que je peux vous kidnapper toutes les deux ? plaisanta-t-il.

Ils s'assirent sur le canapé, côte à côte.

Elle avait enlevé sa blouse blanche et de suite, Fabien découvrit sa jolie robe rouge qui la moulait comme une deuxième peau.

Exubérant, ce qui n'était pas coutumier chez lui, il déroula en quelques mots le script de sa vie actuelle. Il s'accommodait depuis peu de temps de son infortune sentimentale, car il privilégiait les activités et loisirs en extérieur et surtout, il bossait beaucoup. Il n'avait guère le temps de s'ennuyer.

— Tu travailles combien d'heures par semaine ?

— Je ne sais pas. Entre quarante et cinquante, ça dépend si je suis en déplacement ou pas.

— Mon père, c'était pareil. Ma mère n'en pouvait plus et ils ont divorcé.

— Je suis commercial. Je n'ai pas le choix.

Sur le canapé, ses bras collés à ceux de Mina, il parvenait à ses narines, émanant des cheveux de sa voisine, un bouquet d'effluves qui ravageait son esprit de jeune homme célibataire. Il se plaqua subitement encore plus près d'elle, et lui demanda comment ça se passait avec son nouveau copain.

— Tu vas le revoir ?

Elle se frotta le menton afin de gagner un peu de temps. Elle voulait bien satisfaire sa curiosité, mais pas tout lui révéler.

Elle lui brossa donc une version abrégée d'un flirt qui n'avait pas abouti à de l'amour.

Ce n'était pas la même sensibilité, le vécu était différent et le délire était aux antipodes.

— Je ne le reverrai sans doute pas. Le personnage ne me correspond pas trop, même si, je le reconnais, il me plaît beaucoup.

En apparence, il était attristé et désolé pour elle, néanmoins la vérité était tout autre.

Il était si fiévreux qu'il se saisit de l'occasion pour faire sa déclaration.

— Nous pourrions tenter une relation tous les deux. Nous nous connaissons et nous entendons bien. Qu'en penses-tu ?

Son élocution, saccadée, reflétait sa sincérité et pour la première fois, elle examina vraiment cette hypothèse.

Il déplaça doucement sa main vers la sienne et l'effleura amoureusement.

Le langage était devenu superflu.

Ce contact de leurs deux peaux, qu'elle n'avait jamais envisagé auparavant, était savoureux.

Pourtant, elle avait conservé en mémoire son ex-compagne. Comment pouvait-elle l'effacer de son esprit ? Elle l'avait connue peu de temps après Fabien et les avait toujours vus ensemble.

À l'époque, ils étaient inséparables, comme elle avec Pascal.

Se dégageant de son étreinte, elle se redressa et détailla son visage avec bienveillance.

Avait-elle du désir pour lui ?

Oui, certainement. Elle était même attachée à lui depuis longtemps. Il était charmant, sportif, mince et en bonne santé. Il avait un métier stable qui lui rapportait un salaire convenable. Mais c'était avant tout un très bon copain. Pourrait-il devenir un jour son amant ?

Mieux, son amoureux ou son mari.

Ils passèrent le reste de la soirée à débattre sur plusieurs sujets : le travail, les loisirs ou les voyages et aussi, les injustices, la violence ou la pauvreté.

Il militait dans deux associations humanitaires et caritatives depuis quelques années et côtoyait souvent l'extrême dénuement.

Enflammé par ce sujet, il en parla longuement et ne risqua plus aucune approche, ce qu'elle apprécia énormément. Un parfait gentleman, se dit-elle.

Le soir, en se couchant, elle craignit d'avoir à se confronter à Paskual. D'avance, elle savait qu'il lui rappellerait que Fabien était son ami à lui autant qu'à elle.

— Ce ne serait pas loyal de ta part si tu commençais une liaison avec lui, la préviendrait-il.

Fort heureusement, ce soir-là, il ne vint pas la troubler, et elle ne l'y invita surtout pas.

Le lendemain matin, elle avait du courrier, deux lettres d'agences.

D'une déchirure, elle les ouvrit.

Son visage s'assombrit en parcourant la première.

Ils étaient désolés, mais après une sélection rigoureuse, leur choix s'était porté sur une autre personne.

Et voilà, adieu le poste d'agent de comptoir, se dit-elle, attristée par ce nouveau refus.

Elle n'osait plus décacheter la seconde. Avec détermination, elle entreprit tout de même de la lire.

Sa candidature n'était pas retenue non plus. Ils gardaient toutefois son curriculum vitae.

Elle s'assit, tremblante et commença à pleurer sur son infortune.

TOM ET MINA ENSEMBLE

Elle sanglotait depuis une bonne heure lorsque le téléphone se mit à sonner. Séchant rapidement ses yeux gonflés d'un revers de la main, elle décrocha et reconnut la voix de Tom.

Enfin lui, songea-t-elle.

— Bonjour, débuta-t-il avec douceur. Comment vas-tu depuis tout ce temps ?

— Tout va bien pour moi, répondit-elle d'un ton peu convaincant. Et toi, tu t'es bien remis de ton accrochage ?

— Ah oui, tu l'as appris par Lilas. Je t'en parlerai quand on se verra. Tu es sûre que tu te sens bien ? On dirait que tu viens d'enterrer quelqu'un.

— Non, non, ce n'est pas ça.

— J'ai une nouvelle à t'annoncer. C'est possible de se voir dimanche ?

Le dimanche, c'était pris, elle avait rendez-vous avec Fabien. Elle ne pouvait pas annuler. Il pourrait le prendre très mal si elle se décommandait, et Rose aussi.

— Non, je ne peux pas, mais samedi prochain, c'est envisageable.

— Super. Ça fait un sacré bail qu'on ne s'est pas vus tous les deux.

Je vais le revoir. Yes !

Un très agréable et un désagréable message dans la même heure.

Son appel était providentiel.

Les journées suivantes défilèrent rapidement. Elle organisait la rentrée scolaire de sa fille et dans ses heures libres cherchait un emploi.

Le dimanche d'après, elle préparait des sandwichs aux tomates et avocats lorsqu'on frappa à la porte d'entrée. Fabien glissa dans le hall d'entrée et embrassa Rose et Mina. Le pique-nique était prêt.

Tout en feuilletant un guide de randonnées, ils se décidèrent pour une des plus belles balades de la région. Deux heures après, ils arrivaient au rendez-vous des randonneurs. L'air était très sec et le soleil, impitoyable, les dardait de flèches chauffées au gril.

Ils traversèrent d'abord une forêt domaniale, passèrent devant une chapelle romane, puis montèrent lentement un chemin rocailleux.

Rose tournait autour de Fabien et lui posait plein de questions sur les fleurs et les arbustes.

— Celle-là, c'est quoi ? Et celui-là ?

— Ce sont des genêts qui fleurissent au printemps. Les fleurs sont jaunes et parfumées. Et là, ce sont des glaïeuls sauvages, mais je n'en suis pas certain.

Ils poursuivirent leur ascension.

Très serviable, il portait la fillette sur ses épaules dans les chemins abrupts, tout en donnant la main à Mina. Ils passèrent à côté d'un arbousier. Il cueillit des arbouses et en tendit une à la petite fille.

— Goûte !

Rose déposa le fruit dans sa bouche, et le mâcha.

— Hum ! C'est bon.

Puis, ils longèrent une crête et parvinrent au sommet qui leur offrait de belles perspectives sur un cirque.

Ils demeurèrent ainsi, tous les trois, à admirer le paysage un grand moment.

Fabien passa son bras sur les épaules de sa protégée. La petite les épiait discrètement, assise derrière un bosquet. Une vraie petite gardienne.

Tout dans cette journée était colossal, pourtant Mina ne se détendait pas.

Une sourde appréhension la torturait depuis le matin. Arriverait-elle à rester combative face aux nombreux tracas de sa vie ?

Fabien tourna la tête vers elle. Alors, elle fit de même et une seconde après, ils s'étreignaient et se donnaient une foule de baisers. Le contact de ses lèvres était exquis, sa peau était brûlante.

Sans aucune raison, elle le repoussa et pivota sur elle-même.

Pourquoi était-elle si réservée avec lui ?

— Tu sais, il y a longtemps que tu…

— Non, ne dis rien. C'est parfait comme ça.

Rose galopait et bondissait dans les cailloux. Eux ne bougeaient pas, pas même un sourcil.

Assis serrés l'un contre l'autre, la main dans la main, ils se refusaient à rompre l'enchantement.

Mina se redressa la première et amorça la descente. Ils devaient se rendre à une source et poursuivre le sentier en longeant la rivière.

La petite fille chantonnait un refrain enfantin. Son enthousiasme réconforta la jeune mère et lui fit pour un temps dédaigner ses mésaventures.

Ils musardèrent dans la verdure le long du ruisseau tout le reste de la journée. Rose sautait dans l'eau. Fabien l'imitait. Comme prévu, il les raccompagna après la balade.

Arrivé devant chez Mina, il suggéra de passer la soirée avec elle.

— Je vais t'aider à ranger et après nous pourrons dîner ensemble, si tu veux.

— Oh oui maman ! surenchérit la petite.

Poussée par une force mentale dont elle connaissait tant le nom, elle déclina la proposition.

— J'ai plein de choses à faire et j'ai besoin d'être seule.

Rose se plaignit. Fabien parvint difficilement à cacher sa contrariété.

— Nous nous reverrons bientôt, n'est-ce pas ?

Afin de le rassurer, elle déposa sur ses joues un baiser affectueux.

— Je te contacterai sous peu, par contre ce soir, je dois réfléchir.

Il s'éloigna, en saluant Rose avec des signes de la main. La fillette, en larmes, alla vers sa chambre en courant.

Puis, elle lança à sa mère, en colère :

— Pfffffffffffffff, pas bien !

Désarmée devant la violence de son ton, elle n'eut rien à opposer.

— Moi, je l'aime, pleurnicha la petite.

— Moi aussi, mais je ne veux rien précipiter entre lui et moi, tu comprends. J'ai besoin de temps, et puis avant, c'était juste un ami. Il était en couple avec une très bonne copine à moi, Laurence. Tu ne t'en souviens pas, tu étais trop bébé.

La fillette courut vers sa mère et se jeta dans ses bras. Alors, ensemble, elles se détendirent et se consolèrent. Fatiguées par cette longue marche, elles finirent par s'endormir et rien ne vint troubler leur sommeil, ni à l'une ni à l'autre.

Le lendemain matin, elle avait de nouveau un courrier dans sa boîte aux lettres. C'était pour un rendez-vous. Cette fois-ci, c'était une importante agence spécialisée sur l'Europe.

Elle lut et relut le message, ravie de cette nouvelle convocation.

Soudain, on frappa à la porte.

Elle ouvrit, un peu inquiète, et découvrit un Pedro effondré.

Tout voûté, il s'engouffra chez elle sans s'excuser et sans réclamer une quelconque autorisation.

— Entre ! proposa-t-elle en s'effaçant sur son passage. Tu acceptes un verre ?

— Oui, d'accord. Tu sais pourquoi je passe chez toi ?

Il s'écroula et tomba dans un fauteuil, comme une masse de chair tordue et écrabouillée.

Mina hocha la tête.

— Marie a dû te rendre visite, et me critiquer. Je peux être au fait de ce qu'elle t'a raconté ? Elle couche avec un autre gars ? Elle veut me quitter pour lui ? C'est ça ?

— Je ne sais rien de plus que toi. Je crois qu'elle ne maîtrise plus trop ses émotions.

— Je ne veux pas la perdre. C'est ma chair, mon soleil. Est-ce que tu pourrais m'aider ? Lui parler ? Lui expliquer ? La faire revenir à la raison ?

Comment lui restituer les paroles de Marie sans trop les commenter et encore moins les interpréter ?

— J'ai déjà essayé, crois-moi, mais l'amour, ça va et ça vient. Elle a un gros béguin pour un autre et une profonde tendresse pour toi. Mais tu connais son impulsivité. À toi de la faire réfléchir.

— Oui, tu as raison, si elle me quitte, c'est que je n'aurais pas su la faire réfléchir.

— Je ne peux rien faire. J'en suis désolée.

Il s'enfonça encore plus dans le fauteuil. Il n'aurait jamais imaginé ce qui lui arrivait.

Il se croyait installé dans une bonne petite vie, et puis crac, plus rien n'allait, son épouse le lâchait.

Que pouvait-elle exprimer de plus ?

Elle n'était pas responsable des sentiments amoureux de Marie. Elle avait déjà du mal à dominer les siens.

Pour elle, on devrait tous garder en tête que les autres personnes ne nous appartiennent pas, qu'ils soient nos conjoints, nos parents ou nos enfants.

Il se leva et disparut vers la sortie, tout courbé et rasant les murs.

— Je croyais que tu étais une bonne copine et je me suis trompé.

— Ne pars pas comme ça, Pedro. Attends !

— Adieu !

— Tu es en colère contre moi sans aucune raison. Tu peux me rendre visite quand tu veux. Ma porte t'est ouverte.

— Tu dis ça ? Ce n'est pas vrai. Tu pourrais lui parler, tenter de la convaincre, et au lieu de ça, tu m'annonces que l'amour, ça va et ça vient. Tu te payes ma tête ? Crois-moi Mina ! Tu ne me reverras plus jamais.

À peine esquissa-t-elle un pas pour le retenir, qu'il avait déjà disparu à l'angle de la rue.

Le jour de son rendez-vous professionnel, elle se prépara minutieusement.

Elle enfila une jupe, se maquilla et arriva en avance à l'adresse indiquée, où un homme d'une quarantaine d'années aux allures raides lui expliqua mécaniquement les tâches du service des « réservations ».

Elle comprit vite que ce travail se faisait presque essentiellement par téléphone, elle qui voulait être au contact de la clientèle. L'employée titulaire avait pris un an de congé.

Elle devait être remplacée promptement.

Elle quitta l'agence, fière d'elle et sûre d'obtenir le poste cette fois-ci.

Samedi approchait à grands pas et son excitation aussi. Lorsqu'elle eut Tom en face d'elle, dans l'embrasure de la porte de son appartement, elle eut envie de le serrer contre elle, pourtant elle n'en fit rien. Bien au contraire. Elle le fit entrer poliment et l'invita à s'asseoir à côté d'elle. Tout dans son visage, son regard, ses expressions, tout la troublait autant qu'auparavant.

Embarrassé par ce tête-à-tête, il préconisa d'aller boire un verre. Il connaissait un endroit super avec de la bonne musique.

— J'ai quelque chose à te donner avant d'y aller, dit-elle.

Elle plongea la main dans sa poche et en sortit un feuillet plié en deux.

Il la dévisagea, tout étonné.

— C'est pour moi ?

Il saisit l'imprimé et lut le message à voix haute.

— « Tu me serres le corps de ta petite force. Que ne sommes-nous plante et d'une seule écorce, d'une seule chaleur, d'une seule couleur, et dont notre baiser serait l'unique fleur. »

— C'est un court extrait d'un long poème de Jean Cocteau.

— C'est mignonnet, plaisanta-t-il.

— Tu n'aimes pas la poésie ? Tu n'as jamais écrit quelques vers avant, quand tu étais ado ?

— Je suis graphiste. Je n'ai vraiment aucun talent en rédaction, que ce soit pour écrire des vers ou de la prose.

— Moi, j'aime en lire de temps en temps, juste pour la beauté des mots, même si ce n'est pas mon style de lecture. Quant à écrire un jour, je préférerais me lancer dans un roman.

Après une minute ou deux de silence, elle le pria de tourner la feuille, car elle avait encore une petite surprise pour lui.

— Quelle sacrée femme ! Tu me gâtes, sourit-il pour montrer sa joie.

Elle ne perdait pas une miette de cet échange attendu durant des semaines.

L'image, brossée en vitesse avec du fusain et des crayons de couleur représentait une rivière et un canoë avec une silhouette qui pagayait.

— C'est toi dans le bateau.

— Eh bien ! Je ne le savais pas à ce point, mais tu es vraiment douée ! Tu as de nombreux talents cachés, sourit-il, en appuyant ses dires d'un clin d'œil coquin en direction de ses fesses.

— Toi aussi, tu es doué. Un vrai génie du crayon. Lilas m'a montré quelques-unes de tes réalisations, j'en étais estomaquée. Ton trait fin, dans tes bandes dessinées souligne parfaitement bien les scénarios.

Elle estimait que l'on a tous des dons cachés, dont on peut prendre connaissance un jour, si peu qu'on le veuille. Toutefois elle se tut, car elle ne savait pas s'il serait réceptif à cette théorie.

Il la prit dans ses bras.

Comme lors de leur première étreinte trois mois auparavant, ses sens vacillèrent, sa résistance s'affaiblit et elle se laissa dominer. Elle était de nouveau envoûtée.

Sa main se balada sous le chemisier ouvert à la recherche d'un téton à caresser. Pas très loin, le sein se dressait.

Il attendait le doigt agile qui viendrait réveiller sa raison d'être.

Elle ferma les yeux. Puis les ouvrit. Devant elle, le visage de Tom lui sembla différent du souvenir qu'elle avait de lui. Une chose avait changé.

— Tu t'es fait couper les cheveux ?
— Oui. Tu aimes ? Ils sont courts maintenant. Je suis enfin rentré dans le moule. Ma famille et mon directeur me prenaient tous la tête avec ça. Alors, c'est terminé, plus de cheveux.

Arborant une moue teintée de son expression énigmatique favorite, il fit un tour sur lui-même pour lui montrer sa nouvelle coupe.

— Ça te plaît ?

— Oui, tout te va bien, à toi. Bon, si on y allait.

Arrivés devant le café, ils s'assirent près du bar et écoutèrent un groupe letton. Le saxo y faisait des merveilles. Tom se mit à parler. Elle ne pouvait pas saisir ses paroles, la musique emplissait toute la salle.

À la dérobée, elle étudiait son visage.

À ce moment-là, son cœur, qu'elle n'entendait jamais d'habitude, se mit à battre fort. S'il se tourne vers moi, il va comprendre mon émotion, songea-t-elle. Fort heureusement, ils décidèrent de changer de place. Ils s'installèrent dans un autre coin, loin du groupe où ils pourraient enfin dialoguer et sa poitrine se calma. Assis, il prit un air grave. Il quittait la région la semaine d'après. Il avait trouvé un autre boulot mieux payé, pas loin dans le centre de la France. Il avait déjà donné son préavis à son employeur et à son propriétaire.

— Tu déménages ? réagit-elle bêtement, son sang n'ayant fait qu'un tour. Et ta voiture ?

— Elle est partie à la casse. J'ai perdu pas mal de fric dans cette histoire. Pourtant, je n'étais pas en tort, on m'est rentré dedans. Heureusement, mes parents m'ont aidé à en racheter une autre.

De l'anxiété perçait à travers sa voix. Était-il blasé ou amer ? Elle n'aurait pu se prononcer.

Son discours l'attristait, pourtant elle devait s'y faire, elle ne le reverrait jamais. Alors, elle tenta de se raisonner.

Qu'auraient-ils fait ensemble ?

Elle ne pouvait pas négliger Fabien, leur balade, leurs baisers, et ce sentiment de réconfort unique ressenti en sa présence.

— Comment vont les autres ?

— Je ne vois plus Élio à cause d'une embrouille pour une fille. Ma cousine et Léo se portent bien. Ils se sont remis ensemble.

Il la reconduisit devant sa porte. Elle ne tenait pas à poursuivre cette soirée, pourtant elle accepta qu'il entre, sans analyser ses propres raisons.

À peine s'était-il faufilé à l'intérieur qu'il l'attira à lui, approcha son visage, la contempla un instant et posa ses lèvres sur les siennes.

En une fraction de seconde, sa main avait déjà plongé dans le string, très près de l'entrejambe qu'il désirait atteindre.

Puis, il s'interrompit.

— Qu'est-ce tu as ? On dirait un pantin.

— J'ai un copain maintenant et, entre nous, c'est sans lendemain.

— On peut s'aimer quand même ce soir.

Cette façon franche de s'exprimer et d'agir ne la choqua pas. Il était si naturel.

Elle était sur le point de succomber lorsqu'elle entendit des cris stridents dans sa tête.

C'était Paskual qui souffrait. C'était brutal.

— Tu ne vas tout de même pas coucher avec lui ? Tu l'as déjà fait avec l'autre.

— Cinq ans que je me privais. Je rattrape le temps perdu. C'est mon droit. Je suis une femme libre et émancipée.

— Tu es une pute, une traînée. Je t'interdis de baiser avec lui.

— Si tu ne souhaites pas le voir et le savoir, tu n'as qu'à fermer les yeux et les oreilles. J'aime Tom depuis que je le connais. Il est beau, humain, gentil, doux, respectueux, sensible, fragile. C'est mon moi rêvé en version masculine. Tu comprends ça ?

— Non, pas du tout, je ne comprends rien. Ton moi n'est-il pas suffisamment solide pour vouloir le combler avec le moi d'un autre ? Tu me fais mal en disant ça, tu sais.

— Avec lui, c'est fusionnel. Je ne peux pas me contrôler. Mon esprit, mon corps, tout n'est que désir pour lui. Je n'avais pas ressenti ça depuis notre propre rencontre et notre premier soir. C'est fort. Tu peux le concevoir ?

— Tu es à moi, exclusivement à moi et tu le resteras, car tu le sais, nous sommes enchaînés.

— Je ne t'appartiens plus. Je dépends de moi-même, et mes choix ne regardent que moi.

— Tu vas avoir très très mal à la tête si tu ne m'obéis pas. Je vais te faire la misère pendant des jours et des nuits.

— Tu ne peux plus rien exiger de moi. Laisse-moi faire, et profite du spectacle érotique que je vais t'offrir.

— Observer ma femme les jambes écartées, tu crois que j'ai envie de voir ça ? Contempler ce spectacle dégradant ? Plutôt mourir.

— Tu es déjà mort, je te rappelle.

— Pas si évident que ça.

— Tu regardais volontiers des films pornos avant. Ils t'excitaient énormément. Tu te souviens ? Mais tu n'as jamais voulu l'admettre. Dans ta famille, certains sujets ne sont jamais abordés.

— Ce n'est pas sympa de parler de ça.

— Ce n'est pas cool de chercher à influencer ma vie. D'ailleurs, ça suffit, je ne suis pas seule.

Tom, figé à côté d'elle, l'observait depuis cinq minutes en souriant bizarrement.

— Qu'est-ce que tu as ? Tu es bien changeante depuis tout à l'heure.

— Tu dois partir, je suppose ?

Ces paroles ne le déroutèrent pas pour autant.

Il frôla son bras dénudé en l'accompagnant de baisers.

Il s'interrompit pour écarter quelques mèches de sa frange qui tombaient dans ses yeux.

Elle en profita pour reculer et se retourner, et dans son dos, il prit sa taille entre ses mains et approcha ses lèvres de son cou et de ses épaules.

Il lui jouait un remake de leur scène sensuelle de l'été, sauf que ce n'était plus vraiment inédit.

Elle décida de ne pas s'attendrir et le repoussa assez fortement.

— J'ai envie de toi. Laisse-toi faire, susurra-t-il.

— Non. Je ne peux pas. Je ne peux pas et ne veux pas. Ne cherche pas à comprendre.

— Tu mens. Je sais que tu as du désir pour moi depuis que tu m'as rencontré.

— J'ai une migraine épouvantable ce soir. Je ne suis pas en condition.

— On ne se reverra pas, je te préviens.

— Mon avenir, s'il est écrit, je ne le connais pas.

— Franchement, tu ne sais pas ce que tu veux, et tu changes souvent d'avis. Tu m'énerves. Tu es vraiment bloquée. Tiens ! Je te laisse le poème et le dessin. Je ne suis pas trop sensible à tout ça.

— Ne te fâche pas. Oui, tu me plais beaucoup, mais ça faisait longtemps que je ne t'avais pas vu. Je commençais à t'oublier.

— Ça change tout si je te plais.

Sans un mot, il la poussa contre le mur et tenta de la prendre en quelques minutes, comme ça, debout.

C'était très excitant d'être désirée de cette manière. Pourtant, elle était immobile. Coincée. Elle ne pensait qu'à Fabien.

— Tu es venu me voir pour m'annoncer que tu quittais la région. Maintenant, c'est à moi de me confier. Je suis avec un autre homme, donc je ne suis plus célibataire. Avec lui, je peux vivre en famille, et c'est ce que je recherchais. Entre nous, ce n'est plus possible, c'est trop tard. Il ne se passera rien entre nous ce soir.

Leur séparation fut brève.

Ils se dévisagèrent un court moment.

Durant ces quelques instants, ils observèrent leurs traits et les enfouirent dans leur mémoire.

Puis, il pencha la tête.

Elle crut qu'il allait murmurer un adieu ou encore exprimer une évidence.

Mais non, il resta muet et sortit.

À peine le passage des voitures avait-il amorti le bruit de ses pas que le téléphone retentit.

LA VIE CACHÉE
DE MINA M

En un éclair, elle décrocha et entendit la voix chantante de Marie.

— Est-ce que je peux te rendre visite ce soir ? Je dois te parler absolument.

— Pas maintenant, il est trop tard, mais demain si tu veux.

En fin de matinée, elles étaient ensemble.

— J'ai une info primordiale pour toi. Grâce à Damien, hier, j'ai fait la connaissance d'un directeur d'entreprise qui cherche une hôtesse d'accueil. Je lui ai parlé de toi et, tiens-toi bien, il est prêt à te recevoir. Appelle-le ! Voici son numéro, persista-t-elle, en lui tendant un papier chiffonné.

Elle venait de se présenter à un autre poste. Très bientôt, elle aurait l'embarras du choix, si ça continuait.

Debout devant son siège, elle avertit son amie qu'elle lui téléphonait de suite, ce qu'elle s'empressa de faire. Cinq minutes plus tard, elle avait obtenu un rendez-vous pour la journée même.

— Tu es une vraie petite sœur pour moi. Je ne te remercierai jamais assez.

Puis elle reprit :

— Pedro est venu me parler. Il m'a dit que tu le quittais. Il était très abattu. Il s'est mis en colère. Ça y est, tu es décidée ?

— Oui, en ce moment, je plie toutes mes affaires. J'envisage de déménager d'ici la fin du mois ou le début du mois d'après. Il est devenu désagréable. Il crie, et me menace constamment de me pourrir la vie. Je ne dois pas prolonger cette situation. J'ai très mal au cœur pour lui. Mais d'un autre côté, Damien me dit sans cesse qu'il m'aime et qu'il ne s'imagine plus vivre sans moi. Je regrette de faire subir ça à Pedro, il ne le mérite pas, je sais.

Était-elle suffisamment heureuse avec Damien pour infliger un tel sort à ce pauvre Pedro ou était-ce son goût du renouveau ?

Avait-elle réfléchi aux conséquences de ses actes ?

Et si Damien n'était pas tout à fait l'homme qu'elle imaginait ?

À peine Marie était-elle partie une heure plus tard qu'elle se changea de vêtements pour se rendre à son entrevue.

L'entretien se déroula dans un bon climat de confiance. Le poste l'intéressait et elle était prête à prendre ses fonctions dès le lendemain. Avec la promesse d'un verdict rapide, elle quitta le bureau du responsable de l'agence de voyages, un sourire franc sur les lèvres. Dès ce moment-là, l'attente fut interminable. Chaque jour, chaque heure, elle espérait un appel ou une lettre.

Elle pensait aussi à Fabien qu'elle n'avait pas revu depuis le fameux dimanche de leur balade. Elle craignait que sa conduite ne l'ait vexé. Même Rose avait constaté qu'il n'était pas revenu. Elle lui en avait fait la remarque la veille.

— Maman, quand est-ce que Fabien va passer à la maison ?

— Bientôt je crois, ma puce.

— Ah ! Chouette alors !

Elle considérait que s'il l'estimait vraiment, il la surprendrait une fois de plus, et elle eut raison, car le soir, on frappa à la porte. Elle courut ouvrir, et stupéfaite, ne vit personne.

Tandis qu'elle s'avançait sur le palier, elle sursauta, ce qui fit rire Fabien aux éclats.

Il lui tendit un magnifique bouquet de roses rouges et lui révéla, tout joyeux, qu'il le lui offrait pour qu'elle puisse le peindre.

— J'allais à cet instant me mettre à dessiner des autoportraits pour pouvoir me parler, mais les fleurs ont aussi un langage et les tiennes sont superbes.

Troublée par cette générosité, elle voulut dès ce moment-là l'impressionner. Elle fit quelques pas vers lui, l'enlaça et déposa sur ses lèvres un baiser long et tendre.

Rose arriva en courant et se jeta dans ses bras.

— Entre. Tu tombes bien. On allait passer à table. Tu restes avec nous ?

Le repas fut joyeux. Chacun voulait s'exprimer. Rose parla de sa maîtresse et de ses copains, tandis que les deux adultes philosophèrent sur la nécessité de travailler ou pas pour s'affirmer dans notre société.

— La croyance générale est que l'homme peut accéder à la liberté grâce à son métier, dit Mina. Et pour moi, c'est totalement vrai, je ne me sens pas autonome sans emploi.

— C'est une perception immature. Moi, je ne me sens pas du tout libre au travail. Je me ressens plutôt aliéné et lié à une cause qui n'est pas la mienne.

— Change d'activité s'il te déplaît à ce point. Quel autre métier aimerais-tu exercer ?

— Chez les philosophes grecs, les tâches pénibles étaient jugées indignes de l'homme véritable. Pour la tradition chrétienne, c'était une punition.

— Oui, mais peu de personnes peuvent y échapper, c'est comme ça. On doit travailler pour vivre, au moins à un moment de notre vie.

— On peut avoir hérité ou bien être rentier.

— On peut aussi pratiquer un métier qui nous passionne.

Un long silence se fit entre eux.

— Après ma journée de travail, quand j'aurai trouvé un emploi, si je suis en forme, je peindrai. J'apprendrai à Rose aussi, si elle veut, pour l'initier à mélanger des couleurs, et connaître la richesse de la palette, des blancs rosés aux bleus profonds.

— J'adore te savoir comme ça, ma mimine. Tu réussirais à transformer n'importe qui en futur peintre, si tu le voulais, mais moi, c'est surtout au piano que j'aimerais exercer mes talents. C'est si beau. Tiens ! En attendant, pour s'amuser un peu, si on allait voir un spectacle de cirque avec des clowns, c'est bien, et ça fera plaisir à Rose, reprit-il.

— Oh oui, applaudit la fillette.

La représentation enchanta les petits et les grands. Ils ressortirent en riant.

Arrivé devant chez son amie, il prétexta le besoin de se lever tôt le lendemain pour son travail et partit hâtivement.

— Tu reviens quand ?

— Je viendrai tous les jours si tu me le demandes.

Était-elle entrée de nouveau dans une période positive ? réfléchit-elle, tout de même perplexe, lorsque sa voiture eut disparu.

Après une nuit de rêves brûlants où des formes masculines ondoyaient autour de son corps nu, elle se réveilla à l'aube, se leva et examina le ciel à travers la fenêtre.

Un nuage de clarté bleu cobalt colora son œil d'un éclat zébré.

Quelle belle journée ! pensa-t-elle.

Tout à coup, le téléphone sonna. À l'autre bout de la ligne, c'était une voix de secrétaire :

— Félicitations Madame M. Vous prendrez vos nouvelles fonctions la semaine prochaine à neuf heures. Soyez ponctuelle !

Elle raccrocha le combiné et sauta, sous le coup de l'excitation, du salon à la cuisine.

C'était le poste qui lui convenait.

Elle s'empressa d'aviser sa famille de cette nouvelle fraîche.

Rose, de son petit chant d'enfant lui dit :

— On va être riches maintenant, et s'acheter tout ce qu'on veut, hein, maman ?

— Non, ma puce, on ne sera pas du tout riches, seulement ce sera un peu mieux qu'avant.

En peu de temps, tout son entourage était informé, et chacun la complimentait.

Ravie, Joséphine lui proposa d'emmener Rose à l'école le matin et d'aller la chercher le soir. Elle pouvait même la récupérer le midi pour le déjeuner. En une semaine, tout était organisé.

Fabien les invita dans une grande brasserie pour fêter l'événement.

Après le repas, ils mirent Rose au lit ensemble. Ils lui contèrent une petite histoire jusqu'à ce que ses paupières se ferment.

Cette complicité autour de l'enfant les unissait indéniablement. Rapidement, ils se rendirent dans le salon. Ils ne voulaient plus attendre.

Tant de temps était passé depuis qu'ils se fréquentaient et s'amusaient à de discrets jeux de séduction.

Ce soir-là, il n'était plus question de se cacher. Ils pouvaient dorénavant jouir de leur liberté réciproque et profiter du moment présent.

Sur la chaîne stéréo, elle inséra une musique planante. Fabien, quant à lui, versa du champagne dans deux coupes finement décorées.

Il n'avait pas vu qu'elle s'était absentée.

Quelle ne fut pas sa surprise lorsqu'en levant le regard sur elle, il l'aperçut vêtue d'un déshabillé transparent rouge, fermé sur sa taille nue par un tout petit ruban en soie, qu'il lui suffisait d'ouvrir avec ses lèvres.

Sous la nuisette, seul un string assorti avec des dentelles couvrait une minuscule partie de ses fesses.

Des chaussures à talons aiguilles rouges avec des fleurs sur le dessus ornaient ses pieds.

Jamais, elle n'avait sorti cette tenue sexy pour un homme depuis fort longtemps.

— Comme tu es séduisante, comme tu es belle ! Tu as des jambes magnifiques. Tu me donnes de grosses envies. Je suis très excité, murmura-t-il, en regardant son sexe gonfler comme une baleine.

Ils s'étendirent sur le large tapis moelleux qui campait au milieu du salon et commencèrent à s'embrasser tout en se caressant. Ils s'excitèrent très longtemps. Sa coupe de champagne était tombée sur les fesses de Mina. Ils en rirent.

— Ne t'inquiète pas ! Il n'en restera plus une goutte. Je vais réparer ma maladresse tout de suite.

Il descendit au niveau de l'entrecuisse, et frôla avec ses doigts, puis sa langue, chaque partie sensible de la chair en émoi de Mina.

Cette légèreté était inexprimable. Folle de désir, elle se mit à le caresser. Puis ils se mélangèrent doucement, puis plus nettement. Ils firent l'amour longtemps.

C'était une manière forte de sceller leur union, spécula-t-elle, dans un état de bien-être total.

Deux nuits auparavant, elle avait eu un échange délicat à ce propos avec Paskual.

— Fabien et toi, c'est parti, je vois. Tu n'es pas amoureuse de lui, je le sais. Tu me disais autrefois que Fabien ne te plaisait pas.

— C'était vrai, mais ça ne l'est plus du tout. Il est charmant, gentil, intelligent, instruit. Il peut faire un deuxième mari parfait et un gentil papa pour Rose.

— Tu ne le chériras jamais autant que moi et tu seras toujours mon épouse, madame M.

— Tu n'as pas conscience du temps qui passe Paskual. Maintenant, je veux donner un sens à mon existence. Je ne veux plus rester enfermée avec toi comme unique partenaire de discussion, un esprit jaloux et possessif, qui me maintient sous son joug.

— Crois-tu pouvoir toucher le paradis comme cela, en copulant avec un homme par raison ? Tu t'égares ma chérie.

— Je suis heureuse. Grâce à Fabien, Rose et moi avons retrouvé notre sourire. Quant au paradis, il m'attendra.

— Dans ton histoire, tout n'est qu'illusion.

— C'est toi qui es dans l'illusion, car à travers moi et Rose, tu penses vivre davantage. Au début, lorsque ta lumière est apparue dans ma tête, j'ai trouvé ça génial. Tu me manquais tant. J'avais tellement besoin de t'entendre encore. Notre vie cachée contribuait tant à ma survie.

— Je t'ai beaucoup aidée à surmonter ta souffrance les semaines qui ont suivi l'accident, mais tu as la mémoire courte.

— Oui, c'est vrai, par contre tu as eu de la chance dans ton malheur. Tu n'as rien senti, toi. Tu as été tué sur le coup.

— Ne crois pas ça. Avant le grand vide, un éclair de douleur insupportable m'a transpercé. Mais je te confie le soin de découvrir toi-même les joies du passage dans l'au-delà.

— J'ai bien connu. J'ai fait mon expérience de la mort, et ce n'était pas si terrible. Après-demain, Fabien nous invite Rose et moi au restaurant. Je pense qu'il restera dormir avec moi. Ce sera un tournant dans notre relation et je tiens à ce que tu me laisses tranquille, et en paix avec lui.

— Est-il au courant qu'il sera le troisième sur ta liste en quelques mois à peine ?

— Ce n'est que le deuxième, tu le sais bien. Il a appris pour Élio, et ne m'a rien dit. À l'avenir, je vais me poser avec Fabien, pour très longtemps. Ce sera l'homme de ma vie.

— De la deuxième partie de ta vie. C'est donc la fin de ton calvaire. C'est un peu trop facile, non ?

— Qui n'agit pas, n'avance pas. Et c'est aussi ta fin, Paskual. Accepte qu'on mette un terme à ta vie dans ma tête, pour que je puisse me projeter avec Fabien.

— Tu exiges de moi un effort insurmontable.

— Tu vas y arriver. Je vais t'accompagner et t'aider à franchir toutes les étapes jusqu'à la sortie, et même à l'extérieur si le souhaites.

— Tu es bien aimable, mais je suis apte à me repérer tout seul dans les ténèbres. Puis-je te poser avant tout une question ? Tu serais d'accord de faire l'amour avec moi avant qu'on ne se dissocie ?

— Je te rappelle que tu n'as pas de corps physique.

— D'âme à âme, ça pourrait peut-être le faire.

— Tu n'en as pas assez de dire des sottises ? Allez ! Laisse-moi !

Le lendemain, quand elle se présenta à son nouvel emploi, les salariés de son service l'accueillirent assez cordialement, avec dans les mains une tasse de café, qu'ils lui tendirent en souriant.

Les tâches, assez répétitives, n'étaient pas dénuées d'intérêt, c'est pourquoi elle ressentait très peu de fatigue. Son travail la galvanisait.

Elle en rentrait éreintée, mais ce qui lui permettait de se sentir tranquille d'esprit, c'est qu'elle remplissait dorénavant tous ses devoirs de femme et de mère.

Fabien lui rendait visite tous les soirs.

Il laissait à chaque fois des vêtements qu'elle rangeait petit à petit dans les placards vides. Sa présence illuminait chaque heure de son quotidien et de celui de sa fille.

Plusieurs semaines se déroulèrent ainsi, quand un jour, alors qu'il venait la chercher sur son lieu de travail, il lui annonça d'un air faussement atone :

— Je voudrais vivre avec toi. Es-tu d'accord ? Dis-moi oui. Please !

Cette déclaration, de sa part, ne l'étonnait pas, bien au contraire. Elle avait tant aspiré, durant toutes ces années passées, à ce qu'à un moment de sa vie, un homme se projette dans une histoire commune avec elle.

Pourtant, elle n'imaginait pas que cet homme, ce serait Fabien.

— Tu veux bien me donner quelques heures ? lui dit-elle afin de retarder l'échéance.

Il s'enferma dans un long silence qui énerva légèrement la jeune femme.

— Je crois qu'on a besoin d'encore un peu de temps pour envisager une vie ensemble.

— Tu as raison, prenons le temps, j'attendrai ta réponse, répondit-il.

La nuit qui suivit ce dialogue avec Fabien, elle supprima l'autel avec les bougies violettes et les photos de Pascal, qu'elle avait dressé cinq ans plus tôt dans un angle de sa chambre. Elle fit une prière.

Elle se sentit subitement délivrée de toute une partie de son fardeau.

Elle appela Paskual, qui était particulièrement discret depuis leur dernière conversation.

— Paskual, où es-tu ?

— Je suis là. Qu'as-tu à me dire ? Tu vois que je suis capable de me taire quand tu le désires.

— Tu as pu constater que Fabien et moi, on s'entend très bien, et qu'il souhaite vivre avec nous ?

— Il est bien rapide le Fabien, mais je le comprends, tu lui as sorti le grand jeu et il en redemande tous les soirs.

— Ne sois pas vulgaire. D'ailleurs, tu passes de bonnes soirées à nous observer ?

— J'avoue que de voir tes petites fesses se trémousser sous ton joli déshabillé transparent ne me laisse pas indifférent.

— Dans la lumière des cieux, des âmes se plaisent aussi. Peut-être en rencontrerais-tu une jolie, si tu y allais.

— Jamais je ne te tromperai ! Tu seras toujours l'unique femme vivante ou morte que j'aimerai, et Rose la seule enfant.

— Reconnais que tu es trop à l'étroit en moi, prisonnier dans l'ombre, et que ton rôle est terminé.

— Quel que soit l'endroit où je me trouverai, je serai toujours un prisonnier de l'ombre. Tu le sais !

— Autre chose, tant que tu demeures ici, à rôder, tu ne peux pas te réincarner.

— Je l'admets, tout ce que tu dis est vrai. S'il te plaît, je te supplie de m'accorder à mon tour une faveur.

— Qu'est-elle ?

— Te souviens-tu comme la sonate quatorze au piano *Moonlight* de Ludwig Van Beethoven nous donnait des frissons quand on l'entendait ? D'ailleurs, à chaque fois, on quittait la terre.

— Oui, je ne l'oublierai jamais.

— Veux-tu me faire écouter une dernière fois cette sonate ?

— Oui, et après, seras-tu volontaire pour que je t'accompagne vers la sortie, pour prendre ton envol vers les contrées célestes de l'univers ?

— Je suis d'accord, pourtant j'ai peur. Que vais-je découvrir ?

— Tu vas trouver le repos que tu mérites. Et tu pourras créer des liens avec des esprits nouveaux et avec des valeurs spirituelles qui te sont chères. Fais-moi confiance.

— Confiance en toi alors que tu veux me faire disparaître de tes pensées ?

— Écoute-moi. Une porte va s'ouvrir. Derrière, un éblouissant faisceau de lumière va t'éclairer. Plonge dedans. Je te dis adieu. Je t'aime.

— Je t'aime aussi. J'y vais !

Elle plaça le disque vinyle de Beethoven sur la platine tourne-disque et posa l'aiguille en diamant sur la sonate.

Le son du piano, sous les doigts agiles du célèbre compositeur et pianiste allemand, fendit le silence de la chambre.

Cette musique, si souvent entendue à deux, les mettait toujours dans un tel état émotionnel, qu'ils en avaient le souffle coupé. Durant d'interminables minutes, il ne bougea pas, les yeux fermés.

Puis la porte s'ouvrit, mais il ne sauta pas.

— Je dois te dire quelque chose d'important avant que nous nous séparions définitivement.

— Je t'écoute, répondit-elle, patiente.

— Tu es morte en même temps que moi dans l'accident. Tu ne l'as jamais su, car je suis une âme supérieure. Grâce à mes pouvoirs, tu croyais vivre une véritable vie dans un vrai corps physique, intellectuel et mental. Mais en fait, il n'en était rien. C'était un simulacre.

— Tu mens, tu mens. Ne me fais pas ça. C'est ta dernière perfidie ?

— Quand tu faisais l'amour avec Élio ou avec Fabien, c'était avec moi que tu le faisais.

— Ce n'est pas possible, j'ai ressenti à chaque fois des sensations différentes.

— Si je saute dans le vide comme tu l'exiges, tu me perdras pour toujours. Tu vagabonderas seule dans l'univers, sans aucune âme auprès de toi.

— Tout ça n'est que du blablabla. Je sens mon cœur battre dans ma poitrine. J'entends ma respiration quand j'aspire et souffle de l'air.

— Tu n'as jamais eu confiance en moi de notre vivant. C'était un vrai problème entre nous.

— Je t'en supplie, arrête de me traumatiser.

— Nous étions dépendants l'un de l'autre dans la vie. Nous sommes dépendants l'un de l'autre dans la mort. Nous nous sommes mariés à l'église, devant Dieu. Nous avons juré de nous apporter une éternelle solidarité. Tu vois, je n'ai jamais failli à mon devoir. Alors, veux-tu que je saute ?

— Oui. Je prends ce risque.

Aussitôt, sa tête se mit à trembler et sa chair fut secouée de toutes parts. Quelle déflagration ! Son crâne s'était fendu en mille morceaux. Mais peu lui importait, elle était désormais affranchie de sa terrible dépendance. Elle était dorénavant libre d'être elle-même, de penser et de vivre seule dans son corps.

Le lendemain matin, elle se sentait si agile et si légère qu'elle eut envie de sortir son petit short noir du placard et de courir jusqu'à son travail.

Les journées d'après passèrent très vite.

Elle ne voyait plus jamais Rose et elle n'avait pas encore répondu à Fabien. Cela ne saurait pourtant pas tarder, car son anniversaire arrivait.

Dans quelques semaines à peine, ils scelleraient leur nouvelle union avec une coupe de champagne finement ciselée dans leurs mains jointes.

Ils feraient l'amour à l'infini.

Telle une rengaine, elle se réciterait, durant ce temps de fête, qu'elle pouvait dorénavant oublier son Pascal décédé dans cet horrible accident et chérir Fabien.

Car après avoir aimé, on peut encore aimer, se répéterait-elle, convaincue de la puissance de son cerveau pour modifier son état d'esprit et sa vie.

TABLE

Le royaume de Thanatos 9

Cohabitation avec un esprit......................... 13

La balade en canoë 19

Les amis d'Élio 31

Scène de sensualité.................................... 41

La balade à Cadaqués 53

Fin de cette journée particulière 69

Marie et Fabien 77

Intermède existentiel 87

Mina se libère enfin 91

La volatilité des sentiments........................113

Le retour de Rose 119

D'aventures en aventures...........................125

Peindre et revivre......................................141

Tom et Mina ensemble 149

La vie cachée de Mina M 165